von Blanckenburg • Herzschläge

HERZSCHLÄGE

Erinnerungen aus einem bewegten Jahrhundert

Peter von Blanckenburg

Berlin 2001

Inhalt

Vorbemerkung

Ich habe vor, aus meinem Leben zu berichten. Nicht in Form zusammenhängender Memoiren, ich habe vor allem Momente herausgegriffen, die mir als tiefe, einmalige Erlebnisse in Erinnerung geblieben sind — schöne, schwere, gelegentlich aufregende und auch eigentlich banale, aber solche, bei denen ich meine, daß mir im Erleben einen Augenblick das Herz gestockt und dann weiter geschlagen hat. Mir scheint, daß mir diese Fähigkeit tiefen Erlebens im Alter mehr und mehr abhanden kommt — das Leben läuft gleichförmiger, flacher, und ich habe nur selten das Bewußtsein eines ganz besonderen Augenblicks.

Was ich erzählen kann, hängt von meinem Erinnern ab, und das ist im Alter von fast 80 Jahren gewiß unvollständig. Aber seit ich angefangen habe, über dieses Vorhaben nachzudenken, sind mir nicht nur die allzeit gegenwärtigen Erinnerungen zur Hand, sondern es sind auch einige lange vergessene Ereignisse aufgedämmert, die es wert sind, festgehalten zu werden. Den Hintergrund, vor dem sich die Erlebnisse abgespielt haben, habe ich manchmal ausführlicher dargestellt, manchmal nur angedeutet. An einigen Stellen lehne ich mich eng an Aufzeichnungen aus meinen Auslandstagebüchern an und erzähle nach. Interessant für mein Unterfangen war für mich selbst die Frage, ob es bei einzelnen Stationsberichten aus der langen Reise bleiben würde oder ob sich doch irgendwie ein Lebensbild wie auch ein Einblick in meine Lebensepoche ergeben würde.

Es gibt zwei Bereiche mit tiefen Herzschlägen, die ich ausgespart habe: Das sind Glaubens- und Liebessachen. Sie waren in Fülle da, aber ich kann sie hier nicht ausbreiten. Besorgt bin ich, ob meine Schreibkunst ausreicht, das Ganze lesenswert zu machen. Ich habe in meinem Leben unendlich viel geschrieben, aber fast alles unter dem Diktat der Wissenschaft: Drück dich präzise und knapp aus! Dabei hat sich mir, fürchte ich, die Fähigkeit nicht genügend entwickelt, lebendig und farbig darzustellen und das Erleben in der ursprünglichen Frische wiederzugeben. Sei es drum, ich habe mich an die Arbeit gemacht. Sie hat sich vom Frühjahr 1998 bis zu dem des Jahres 2001 erstreckt. Meine Familie, besonders meine Frau Esther, hat sie mit lebhaftem Interesse und klugen Anregungen gefördert.

Der Klang der Kindheit
Deep, pommersche Ostsee, um 1930

In meiner Kindheit gehörte es zu den langen Sommerferien in der pommerschen Heimat, daß wir wenigstens für zwei Wochen aus unserem Gut Zimmerhausen aufbrachen, um im 30 km entfernten Ostseebad Deep Badeferien zu machen. Wir wohnten dort in einem alten, strohgedeckten Haus, das einmal meiner Großmutter Caroline Blanckenburg, gen. Mummi, gehört hatte. Sie hatte es vom Erlös ihrer Schriftstellerei gekauft, es aber nach dem ersten Weltkrieg, als das Geld knapp war, wieder verkauft. Jetzt war es im Besitz von Tante Ipi Osten. Es beherbergte im Sommer mehrere Familien als Pensionsgäste in kleinen, bescheidenen Zimmern. Wir aßen alle in der dunklen Tenne oder im Garten, und es war immer ein lebhaftes Treiben im und um das Haus.

Die Sommerferien fingen meist um meinen Geburtstag, dem 2. Juli herum an, und wir machten uns dann bald auf den Weg nach Deep. Mein Vater, Paili, war in der beginnenden Erntezeit auf dem Gut unabkömmlich, er besuchte uns dort nur für wenige Tage. Wir Kinder wurden mit unserer Mutter, Maili, manchmal auch mit anderen Sommergästen, von unserem Kutscher und Chauffeur Hermann Paap in unserem stolzen Brennabor-Auto in Deep abgeliefert. Schnelles Auspacken und dann auf zum nahen Strand entlang an der Rega. Vor der Flußmündung schon einige vertäute Fischer- und Segelboote, darunter die von uns immer wieder bestaunte weiße kleine Yacht STELLA MARIS.

Und dann kam der große Augenblick: Zwischen den Dünen öffnete sich der Blick auf die Ostsee — blau, in der Sonne glitzernd, rollende, schnell wechselnde Wellen mit ihren weißen Schaumkronen, hier und da ein Segelboot, im blaßblauen Himmel die Möven, vom Strand her der Lärm der badenden und spielenden Kinder. Dies war der Klang der Kindheit. Wir blieben stehen. Die Weite des Meeres überwältigte mich, der ferne Horizont verbarg eine unbekannte Welt. Das war der Höhepunkt des Sommers: die unendliche Zeit von 14 Tagen Badeferien mit ihrem ganz anderen, entspannten Leben. Der Schulalltag war irgendwo weit hinten. Wir würden viel Neues und natürlich nur Schönes erleben. Wir rannten zum Strand, prüften, wie warm das Wasser schon war und machten einen ersten Strandgang, auch um einen Platz für unseren Strandkorb und die dazu gehörende Burg zu suchen und die anderen Badegäste zu taxieren.

Am nächsten Morgen begann dort erst einmal die Arbeit. Wir schippten einen hohen, ringförmigen Wall aus dem Sand auf. Diese Burg war der

Standort unseres Strandkorbes, Ablage für alle Sachen, und der Wall schützte uns vor dem oft sehr frischen Seewind. Burg lag an Burg, und es war sehr wichtig, daß wir gute Nachbarn hatten.

Dann begann der Badealltag. Wir gingen immer wieder ins Wasser, fingen mit unseren Keschern Stichlinge aus dem Meer, sammelten kleine, weiße Muscheln, mit denen die Burg herausgeputzt wurde. Nachmittags stromerten wir nach Überschreiten der unter den Schritten dumpf dröhnenden Rega-Holzbrücke im Kiefernwald der Dünen auf der anderen Seite des Flusses umher, spielten unsere harmlosen Spiele und führten ein unbeschwertes Badeleben ohne große Ereignisse. Braun zu werden war damals noch kein Ferienziel, es passierte nebenbei. Abends saßen wir manchmal auf der Terrasse des Strandhotels Asmus, kriegten ein Eis spendiert und trieben das alte Spiel: zu zählen, wieviele Minuten die blutrote, große Abendsonne brauchte, um ins Meer zu tauchen — ich denke, es waren vier Minuten.

Die Tage vergingen schnell, und bald rückte der Alltag wieder näher: das graue Greifenberger Gymnasium, vor dem ich mich, obgleich ein guter Schüler, heimlich fürchtete, aber auch das vertraute große Haus in Zimmerhausen, die schönen Abende auf der Terrasse, die Erlebnisse mit Schul- und Dorffreunden. Bei der Abreise von Deep tröstete die Aussicht auf das Wiedersehen im nächsten Sommer.

Heilig Vaterland — Schule am Rande des Nationalsozialismus
Templin, Herbst 1937

Meine beiden letzten Schuljahre habe ich auf dem Joachimsthalschen Gymnasium in Templin verbracht, dem „Stall", wie es die Schüler, die „Stallaner" nannten. Es war eine alte preußische Alumnatsschule, die nach dem pädagogischen Anspruch wie auch nach Herkunft der Schüler und den an sie gestellten Anforderungen einen elitären Charakter trug. Söhne von preußischen Beamten und Offizieren konnten Stipendien bekommen, die die Kosten von Schule und Unterbringung verbilligten. Aber es waren auch sonst viele Jungen da, die, aus welchen Gründen auch immer, zuhause nicht die richtige Schule fanden. Mädchen waren nur als Stadtschüler, die nicht im Alumnat wohnten, zugelassen. Die Schule war sehr humanistisch geprägt. Latein und Griechisch spielten im Unterricht eine besondere Rolle, und die Lehrer dieser Fächer gehörten zu den besten der Schule. Aber auch das christliche Element wurde betont. Mein Alumnatsinspektor, Dr. Augustat, war Religionslehrer und Anstaltspfarrer.

Dem Druck des Nationalsozialismus hatte sich die Schule, abgesehen von einer kurzen pro-nazistischen Schülerunruhe im Jahr 1936, die mit dem Hinauswurf der Protagonisten endete, leidlich entziehen können. Hermann Göring wurde, wohl auch zur Absicherung gegen Übergriffe fanatischerer Nationalsozialisten, Protektor des Joachimsthals, und wir hatten den Eindruck, daß er tatsächlich seine Hand etwas über die Schule hielt: Er sorgte angeblich dafür, daß sie gute Lehrer bekam. Da er auch die preußischen Staatstheater unter sich hatte, kriegten die Klassen über sein Büro ab und zu verbilligte Eintrittskarten für Berliner Theater, und das nahm uns für ihn ein.

Mein Bruder Günther war ein Jahr vor mir ins Joachimsthal gekommen, ich folgte ihm 1936 als Sekundaner. Dem Greifenberger Gymnasium sagte ich gern adé. Es war keine schlechte Schule, aber eine ziemliche Paukanstalt. Daß es mir viel mitgegeben hatte, merkte ich in Templin. Ich hatte das Lernen gelernt und beherrschte meine lateinische und griechische Grammatik viel besser als die meisten der Templiner Mitschüler, die dafür geistig schon in etwas höheren Regionen schwebten. Infolge meiner guten sprachlichen Grundkenntnisse fiel mir das Lesen altsprachlicher Texte leichter als der Masse der Klassenkameraden. Auch sonst war Templin eine sehr anregende Schule, nicht zuletzt durch die vielen interessanten Mitschüler. Sehr attraktiv war auch der Schulsport.

1937 beging das Joachimsthal sein 330-jähriges Bestehen. Ich war damals Primaner. Im Herbst fand eine große Feier statt, zu der auch meine Eltern mit vielen anderen Gästen erschienen. Es gab eine sehr gute Aufführung der „Antigone" von Sophokles, mein Griechischlehrer Walther Sauter führte Regie. Ich erinnere mich besonders an den Festgottesdienst und die feierliche Hauptveranstaltung, weil ich dort als Tenor im Chor mitsang. Der Musiklehrer Moths hatte einen Schulchor und ein beachtliches Schulorchester aufgebaut. Wir sangen im Gottesdienst das „Halleluja" aus dem Händelschen Messias und in der Hauptveranstaltung ein Oratorium des aus der Jugendbewegung kommenden Heinrich Spitta mit dem Text von Rudolf Alexander Schröder. Das letztere begeisterte uns wegen der modernen Musik, aber wohl auch wegen seiner reichlich patriotischen inhaltlichen Aussage. Der Schlußchor ist mir noch gegenwärtig:

Heilig Vaterland,
in Gefahren
deine Söhne sich
um dich scharen.
Sieh uns all entbrannt,
Sohn bei Söhnen stehn.
Du mußt bleiben, Land,
wir vergehn.

Es war das erste und letzte Mal, daß ich in einem großen Chor mitgesungen habe. Ich war glücklich, in der Chorgemeinschaft in die Harmonie eingebunden zu sein. Später habe ich es nie fertig gebracht, in einem besseren Chor zu singen, weil ich nicht besonders musikalisch bin, aber auch weil ich mir die Zeit nicht genommen habe.

Die in dem Text pathetisch zum Ausdruck kommende Vaterlands-Idee war ein zentraler Bestandteil unserer Templiner staatsbürgerlichen Erziehung. Wir wurden nicht zu nationalsozialistischem Denken, aber nachdrücklich zu nationaler Gesinnung angehalten. Weniger im Geschichtsunterricht als vielmehr in den Texten, die wir im Latein- und Griechischunterricht durcharbeiteten, wurde das Bild des jungen, dem Staat dienenden, opferbereiten Kriegers gezeichnet. Zum Jubiläum kam auch eine Festschrift heraus, zu der ich in Form einer Platon-Übersetzung einen Beitrag geliefert hatte. Es ist ein Text aus dem „Kriton", in dem die Stimme des Gesetzes und des über allem stehenden hellenischen Vaterlandes zu dem vor dem Todesurteil stehenden Sokrates spricht.

„Da Du von uns geboren, erzogen und herangebildet worden bist, willst Du da noch sagen, daß Du und Deine Vorfahren nicht ganz unser Sproß und Diener bist? Wenn das nun so ist, glaubst Du, daß Du das gleiche Recht besitzt wie wir und uns mit Recht das wieder tun darfst, was wir Dir zu tun versuchen? Hattest Du denn etwa mit Deinem Vater oder mit Deinem Herrn, so Du einen hattest, das gleiche Recht, sodaß es Dir erlaubt war, zu vergelten, was sie Dir taten, einem Tadel zu widersprechen oder ihnen einen Schlag zurückzuzahlen und solcher Dinge mehr?

Und da soll es Dir, dem großen Sucher nach den höchsten sittlichen Werten, freistehen, uns, die Gesetze und Dein Vaterland zu vernichten, soweit das in Deinen Kräften steht? Oder bist Du so weise, daß es Dir sogar entgeht, daß das Vaterland ehrfurchtgebietender, erhabener und heiliger ist als Vater und Mutter und alle Vorfahren, daß es vor allem anderen steht bei Göttern und Menschen, soweit sie gesunden Verstand haben? Weißt Du nicht, daß Du vor einem zürnenden Vaterland in Ehrfurcht stehen mußt und es besänftigen und Dich ihm fügen mußt mehr als Deinem Vater? Bist Du Dir nicht im Klaren darüber, daß Du das Vaterland überzeugen mußt oder tun, was es Dir befiehlt, daß Du in völliger Ruhe leiden mußt, wenn es Dir ein Leiden auferlegt, ganz gleich, ob Du geschlagen oder gebunden wirst, ob es Dich in den Krieg führt, wo Wunden und Tod Deiner harren; und daß Du dies alles zu tun verpflichtet bist, und daß das auch so gerecht ist? Weißt Du nicht, daß Du von Deinem Platz in der Schlacht nicht wanken noch weichen und nicht einen Schritt zurückgehen darfst? Weißt Du nicht, daß Du im Kriege, vor Gericht und überall tun mußt, was Deine Heimat und Dein Vaterland Dir anbefehlen, und ist es Dir klar, daß es sündhaft ist, wenn Du Dich gegen Mutter und Vater mit Gewalt duchsetzst, und noch viel schlimmer, wenn Du das tust gegen das Vaterland?!"

Diesen Abschnitt der Festschrift aus meiner Übersetzerfeder, längst verloren, habe ich vor einigen Jahren von einem Schulkameraden bekommen und selbst mit Erstaunen wieder gelesen. Erstaunen einmal darüber, wie gut ich damals im Griechischen war (o, wo ist es geblieben?), zum anderen wegen der inhaltlichen Bekundung. Diese ist uns heute, jedenfalls in ihrer vordergründigen Aussage, ganz fremd, sie gehört nicht zu unserer Welt (oder bestenfalls zum Wurzelwerk eines ihrer Sprosse). Damals haben wir sie wohl auch nicht allzu ernst genommen, vermute ich. Aber sie verdeutlicht den Geist, der uns in der Schule nahegebracht wurde und den wohl letztlich viele von uns verinnerlicht haben. Vaterländisches Denken war damals in der jungen Elite der Deutschen lebendig, ob diese nationalsozialistischer Gesinnung oder weit davon entfernt war. Für mich liegt hier ein wichtiger Schlüssel zum Verständnis der Kriegsgeneration, der ich angehört habe.

Übrigens: Von den 28 Abiturienten des Joachimsthals vom Frühjahr 1938, zu denen ich gehörte, sind 17 im 2. Weltkrieg gefallen, die Mehrzahl als junge Offiziere. Mein Bruder Günther war auch unter ihnen.

Stubenältester mit 16 Jahren — Die Episode des Reichsarbeitsdienstes
Templin, Sommer 1938

Im Februar 1938 habe ich, zusammen mit meinem Bruder Günther, am Joachimsthalschen Gymnasium in Templin mein Abitur gemacht. Zur Belohnung kriegten wir von unseren Eltern eine vierzehntägige Reise nach Jugoslawien geschenkt. Dort, an der deutschen Botschaft in Belgrad, war damals ein Onkel, Moriz von Faber du Faure, deutscher Militärattaché. Er und seine Frau kümmerten sich sehr nett um uns. Diese erste selbständige Auslandsreise war herrlich, aber sehr kurz. Ich hatte beschlossen, die im NS-Regime allen jungen Leuten auferlegte halbjährige Arbeitsdienstpflicht und den folgenden zweijährigen Wehrdienst gleich nach dem Abi hinter mich zu bringen. Meine Eltern hätten mir angesichts meiner Jugend — ich hatte das Abitur mit 16 Jahren abgelegt — vor dem Arbeits- und Wehrdienst gern eine Zeit mit Studium, womöglich im Ausland, gegönnt. Aber entgegen ihrem Rat war ich in völliger Verkennung dessen, was auf uns zukam, entschlossen, die zweieinhalb Dienstjahre schnell hinter mich zu bringen. Ich wollte bald frei sein. Ich trat also im Frühjahr 1938, unmittelbar nach der Jugoslawienreise, freiwillig in den Reichsarbeitsdienst und ein halbes Jahr später in die Wehrmacht ein.

Der RAD begann sofort nach der Reise. Die sechs Monate waren eine kurze Episode in meinem Leben. Ich will sie trotzdem hier erwähnen, weil sie für mich das Eintauchen in eine ganz neue Welt bedeutete. Die RAD-Pflicht war eine Erfindung des Nationalsozialismus. Der Dienst sollte zur Verringerung der großen Arbeitslosigkeit beitragen und die Volksgemeinschaft stärken — Angehörige aller sozialen Schichten und Berufe sollten sich dort begegnen und miteinander leben. Ich gehe auch deswegen auf ihn ein, weil er, trotz der Teilnahme von Millionen junger Deutscher im Lauf der Jahre, meines Wissens kaum literarische Erwähnung gefunden hat. Die Arbeitsdienstzeit dauerte sechs Monate. Auch für Mädchen gab es seit 1938 eine sechsmonatige Dienstpflicht. Ich wurde zum RAD ins Lager Templin eingezogen, also am selben Ort, an dem ich einige Wochen zuvor das Abitur gemacht hatte.

Die Abteilung war in einer Holzbarackenanlage am Rande der Stadt untergebracht. In jeder Baracke waren drei oder vier Stuben mit doppelstöckigen Betten, einigen Schränken und Tischen, in denen jeweils acht Arbeitsmänner hausten. Außerdem gab es Verwaltungs-, Kantinen-, Wasch- und Unterrichtsräume, alles war recht spartanisch eingerichtet. In der Mitte zwischen den Baracken lag der Sport- und Exerzierplatz, auf dem morgens der Appell mit Fahnenhissung stattfand.

Nach dieser Ouvertüre und dem Frühstück rückten die verschiedenen Züge mit Fahrrädern und Werkzeug — in meinem Fall hauptsächlich mit dem Spaten — zu ihren Arbeitsplätzen aus, an denen sie produktive Arbeit zum Wohl der Allgemeinheit verrichten sollten. Mein Zug war im öffentlichen Kiefernwald mit Meliorationsarbeiten beschäftigt. Wir verbesserten Wege und drainierten den Wald mit dem Ausheben von Gräben, in denen dicke Strauchbündel, „Faschinen", vergraben wurden. Das sollte der Ableitung von Regenwasser dienen — eine Arbeit, die uns angesichts des märkischen Sandes und der gar nicht so starken Regenfälle als ziemlich überflüssig erschien, aber stur getan wurde. Wir beneideten den 3. Zug um seine Arbeit, er wurde zum Zapfen von Harz aus Kiefernbäumen, also zur Gewinnung eines für die Wirtschaft wichtigen Rohstoffes eingesetzt. Bei der Arbeit überanstrengte sich niemand. Zum späten Mittagessen waren wir zurück im Lager. Der Nachmittag diente staatsbürgerlicher Schulung: Einführung in das nationalsozialistische Gedankengut — sie zeigte infolge der mangelhaften pädagogischer Schulung der sie abhaltenden Unterführer ziemlich wenig Wirkung —, dem Säubern der Geräte und Anlagen und dem Exerzieren.

Das Exerzieren war der Wehrmacht abgeguckt. Es bestand aus Marschieren in Formation und „Griffe klopfen", nicht mit dem Gewehr, sondern mit dem RAD-Symbol, dem blankgeputzten Spaten. Das sollte wohl der Wehrertüchtigung dienen, in diesem Fall besonders im Hinblick auf den in jedem Herbst in Nürnberg stattfindenden Reichsparteitag, auf dem jeweils ein Tag dem RAD gewidmet war. Meine Templiner Abteilung gehörte im Jahr 1938 leider nicht zu den auserwählten Teilnehmern, wir bedauerten alle, daß wir nicht in den Genuß dieses großen Spektakels kamen, sondern unsere Knochenarbeit fortsetzen mußten.

Als ich in den RAD eintrat, war ich, wie gesagt, erst 16 Jahre alt, also weit unter dem Durchschnittsalter der übrigen Arbeitsmänner. Die nicht freiwillig Dienenden waren meist 23 oder 24 Jahre alt, ich war ihnen in der Bildung überlegen, aber sie waren mir an Lebens- und Arbeitserfahrung weit voraus. Der andere große Unterschied war der soziale. Ich kam aus einer behüteten, christlich gesonnenen Gutsbesitzerfamilie. Die meisten Kameraden stammten aus Arbeiterfamilien aus armen Städten und Dörfern der Umgebung von Berlin, die vermutlich oft am Rande des Existenzminimums lebten und die Arbeitslosigkeit kannten. Ihre Interessen richteten sich vornehmlich darauf, den Arbeitstag ohne zu große Anstrengung zu bestehen und den Abend nett zu verbringen, sei es im Kreis der Kameraden, sei es, daß sie in die Stadt gingen, um womöglich ein Mädchen „abzuschleppen". Fernsehen gab es noch nicht, für den Kneipen- oder Kinobesuch reichte das Geld nicht. Der Arbeitsmann hatte schließlich nur einen Tagessold von, wenn ich mich recht erinnere, 40 Pfennigen.

Wer von Hause keine Unterstützung bekam, blieb meistens in der Baracke und vertrieb sich die Abende mit Gesprächen mit den Stubenkameraden. Hierbei ging es unter den Älteren sehr oft um das Thema Nr.1: Mädchen und die mit ihnen gesammelten sexuellen Erfahrungen. Dabei wurde mächtig aufgeschnitten, wie ich bald merkte. Aber daß dieses Thema so stark im Zentrum des Denkens vieler junger Leute stand, hätte ich nie gedacht, und es belastete mich ziemlich — war ich doch in ihren Augen absolute „Jungfrau" und wurde deswegen auch hinreichend aufgezogen. Hierum, um die Arbeitssituation im Lager, die Vorgesetzten, die sehr kritisch beobachtet wurden, um die Lage der Familien zu Hause, um das Lageressen, um ein nicht zu anstrengendes Arbeitsleben drehten sich die Gespräche am Abend und auch am Arbeitsplatz. Die eigene berufliche Zukunft spielte eine geringe, die neue Politik gar keine Rolle. Immerhin wurde gelegentlich über die politische Vergangenheit der Familien gesprochen: Viele Familien waren sozialdemokratisch oder sogar kommunistisch gesonnen gewesen.

Jedenfalls sah die nationalsozialistische Führung, der sich die Reichsarbeitsdienstführung ganz unterordnete, die politische Schulung der Arbeitsmänner als ein wichtiges Instrument der Verbreitung nationalsozialistischen Gedankengutes unter der Jugend an. In den Nachmittags-Dienstprogrammen spielten der staatspolitische Unterricht und das Vermitteln nationalsozialistischer Ideen eine erhebliche Rolle. Allerdings wurde der Unterricht meistens so dürftig erteilt, daß er überhaupt keine Wirkung erzielte.

Daß der RAD an dieser Stelle gegenüber seinen hehren Zielen weitgehend versagte, lag nicht zuletzt an der mäßigen Qualität des Führungspersonals. Offenbar verpflichteten sich in den höheren Rängen vielfach Leute, deren Hauptqualifikation im Besitz des Parteiabzeichens bestand. Als Unterführer wurden oft Leute eingestellt, die im zivilen Beruf nicht richtig Fuß gefaßt, aber auch keine Chance hatten, bei der Alternative, nämlich der Wehrmacht, als Berufssoldat angenommen zu werden. Viele von ihnen stellten eine negative Auslese dar. Allerdings gab es auch Ausnahmen. Mein Feldmeister, Ackermann hieß er, war ein sehr ordentlicher Mann mit höherer Schulbildung, der dann auch seine Hand ein bißchen über mich jungen Burschen gehalten hat. Als ich ein halbes Jahr später in die Wehrmacht eintrat, fiel mir sofort die im Durchschnitt höhere geistige Qualität der Unteroffiziere und Feldwebel auf: Dort fand offensichtlich eine schärfere Selektion der Bewerber für untere Ränge statt, ganz zu schweigen von der Auswahl der Offiziersbewerber.

Ich hatte es persönlich zu Anfang des Arbeitsdienstes im Umgang mit den Kameraden ziemlich schwer. Die meisten waren, wie gesagt, von sehr anderer sozialer Herkunft und Bildung. Bei ihrem größeren Alter hatten sie völlig abweichende Lebens- und Arbeitserfahrungen als ich, und da rieb sich manches aneinander. Und trotzdem, ich gewann irgendwie Anerkennung in der Stube und sogar freundschaftliche Beziehungen. Dank ihrer größeren Körperkraft schirmten mich einige auch gegen die rauheren Volksgenossen ab. Nun mußte in jeder Stube ein Stubenältester gewählt werden, der die Bewohner gegenüber der Führung vertrat, aber auch für Ordnung in der eigenen Gruppe sorgen sollte. Nach einigen Wirren, auf die ich mich nicht mehr besinne, wurde ich, der altersmäßig weitaus jüngste, zu meiner Verblüffung zum Stubenältesten gewählt. Und siehe, es ging ganz gut. Auch die Rabauken sahen ein, daß einer schließlich diese unbeliebte Tätigkeit wahrnehmen mußte. Da ich mich bemühte, unparteiisch zu sein, und da ich wohl auch einigermaßen vermitteln konnte, setzte ich mich durch und wurde anerkannt. Immerhin, es war das seltsamste Amt, das ich in meinem Leben ausgeübt habe.

Im September 1938 ging meine Arbeitsdienstzeit zuende. Ich habe immer noch die damals direkt neben dem Lager abgebrannten Kartoffelfeuer in der Nase. Aber in der Nase hatte ich auch einen ersten Kriegsgeruch. Im September 1938 spielte sich die Sudetenkrise ab, bei der Hitler pokerte und gegen den Widerstand der Großmächte das nach dem ersten Weltkrieg an die Tschechoslowakei abgetretene Sudetenland für Deutschland zurückgewann. Wenngleich uns angesichts der Nähe des Krieges mulmig war, haben wir das als einen großen Erfolg der deutschen Staatsführung angesehen.

In den drei Wochen vor meinem nächsten Einsatz habe ich zu Hause meinen zivilen Kfz-Führerschein 3 gemacht. Dann begann in Stettin die, wie ich annahm, auf zwei Jahre bemessene Soldatenzeit. Sie dauerte infolge des Kriegsbeginns im September 1939 schließlich 6 1/2 Jahre, bis zum Frühjahr 1945. Da ich keine Lust hatte, aktiver Offizier zu werden, machte ich die „Ochsentour" vom Schützen über den Gefreiten, Unteroffizier, Feldwebel und dann schließlich zu den ersten Offiziersrängen Leutnant und Oberleutnant. Als Oberleutnant der Reserve bin ich im Juni 1945 aus der Kriegsgefangenschaft entlassen worden.

Sechseinhalb Jahre Dienst fürs Vaterland, und dann die totale Niederlage — davon wird noch mehr zu reden sein. Ich kann hier nicht ausbreiten, was Gewinn und Verlust der RAD- und Wehrmachtzeit waren. Sicher, wieviel eher hätte ich ohne sie meine Ausbildung aufnehmen können, und das ohne die zwei Verwundungen, die ich im Fronteinsatz erhalten habe. Aber, wie auch immer das war, das ganze ist ein Stück meines Lebens geblieben, und ich trauere heute keiner verlorenen Zeit nach. Zu den wenigen Aktiva des Arbeitsdienstes zähle ich, daß ich die „Volksgemeinschaft", um diesen verrufenen Ausdruck noch einmal zu gebrauchen, kennengelernt habe, und das dichter an der Basis und mit größerer Lebenserfahrung als die meisten jungen Leute heute. Ich weiß, daß mir ein Verständnis für das Denken von Angehörigen einfacher sozialer Gruppen mit niedrigem Bildungsstand geblieben ist — ich hätte das wahrscheinlich sonst nicht gewonnen —, und daß es mir nicht schwer fällt, mich mit solchen Menschen auseinanderzusetzen. Diese Fähigkeiten waren gewiß teuer erkauft. Aber das war das Schicksal einer ganzen Generation junger Männer. Infolge meiner sehr kurzen Kriegsgefangenschaft habe ich es da noch besser gehabt als Millionen anderer Deutscher.

Kriegsbeginn
Tucheler Heide, 1. September 1939

Es war soweit, der Krieg stand unmittelbar bevor. Nach der Sudetenkrise im Herbst 1938 und nach der unblutigen Besetzung der Tschechoslowakei im Frühjahr 1939 — an der letzteren war ich am Ende der Rekrutenzeit in der Stettiner Panzerabwehrabteilung schon beteiligt — verdichteten sich die Kriegsgefahren. Die Truppe wurde mit Übungen, auch großen auf Truppenübungsplätzen, auf einen Angriffskrieg vorbereitet. Von Kriegsbegeisterung keine Spur, aber auch keine spürbare Unruhe oder Befürchtung. Trotz der „Volk ohne Raum"-Propaganda lag uns weltpolitisches Denken fern. Wir dachten, was Polen betraf, an einen kurzen, nicht allzu schweren Feldzug; der polnischen Armee als Kriegsgegner trauten wir nicht allzu viel zu.

Daß aus dem Polenkrieg ein Weltkrieg werden könnte, ging über unser Vorstellungsvermögen. Man muß bedenken, daß die Presse damals zunehmend gegängelt wurde und nicht mehr frei berichten konnte. Eine offene politische Bildungsarbeit gab es in der Truppe nicht und im Reichsarbeitsdienst, der viel stärker nationalsozialistisch ausgerichtet war, schon gar nicht. Man hatte in den zurückliegenden Jahren der Nazi-Regierung auch gelernt, daß es sich empfahl, nicht allzu offen zu sprechen und manchmal besser nicht zu fragen. In der Wehrmacht spielte zwar die politische Bespitzelung keine Rolle, aber dafür gab es eine straffe Geheimhaltungspflicht für viele Dinge; sie trug dazu bei, daß man sich nicht allzuviel erkundigte und aussprach. Jedenfalls hatten die meisten Soldaten keine Vorstellung davon, was aus diesem Feldzug noch werden könne. Wir lebten, was die Nahziele anging, in der Annahme, daß die Wehrmacht ein ausgezeichnetes Kriegsinstrument sei und es mit jeder feindlichen Macht aufnehmen könne.

An einem Abend Anfang August 1939 fand ein letzter beeindruckender Auftritt der Stettiner Garnison mit ihren vielen Truppenteilen statt. Wenn ich mich nicht irre, war der 5. Todestag des letzten Reichspräsidenten Paul von Hindenburg der äußere Anlaß. In Erinnerung geblieben ist mir der stramme, die Truppendisziplin verkörpernde Parademarsch, den wir an den Größen von Wehrmacht, Staat und Partei vorbei machten. Der Abend endete mit dem feierlichen Großen Zapfenstreich der Militärkapellen. Die Truppe reglos, ahnend, daß Großes, nicht ahnend, daß soviel Sterben und Vernichtung vor ihr lag. Zum Abschluß nach „Helm ab zum Gebet" das an dieser Stelle merkwürdig berührende, aber anrührende „Ich bete an die Macht der Liebe", und dann marschierten wir zurück in unsere Kasernen. Bald danach fing das Packen und das Fertigmachen der Waffen und Fahrzeuge an.

Mitte August rückte die Division an die 300 km von Stettin entfernte Grenze zu Polen. Wir kampierten dort in Dörfern und Wäldern, und es begann das für das Kriegsgeschäft so bezeichnende Warten. Wir putzten die Panzerabwehrkanonen, die „Paks", und die Fahrzeuge und harrten des Kommenden.

In den letzten Augusttagen war es dann soweit: Der Einmarsch nach Polen im Gebiet der Tucheler Heide stand bevor. Die Angriffsstellungen wurden bezogen, und in der Frühe des 1. September fing die Besetzung Polens an. Es gab keinen großen Artillerieschlag, vermutlich, weil gar nicht klar war, wieviele Truppen wir auf der gegnerischen Seite vor uns hatten und wo sie waren. Als mobile Panzerabwehrtruppe blieb meine Abteilung hinter der vordersten Front, um mit den Kettenfahrzeugen und Kanonen schnell dorthin geworfen zu werden, wo feindliche Panzer auftauchten.

Vor uns im Morgengrauen leichter Gefechtslärm: Gewehrschüsse und Geknatter von Maschinengewehren, ab und zu eine explodierende Artilleriegranate mit Staubfontäne. Wir kamen bald hinter der Grenze auf eine Anhöhe und blickten in eine breite Talebene hinunter. Das war der Augenblick, in dem ich den modernen Bewegungskrieg erlebte. Vor uns, einen oder zwei Kilometer entfernt, rückte die Infanterie in lockerer Formation, tief gestaffelt vor. Die Soldaten der vordersten Linie warfen sich hin, wenn sie unter Beschuß kamen, sprangen wieder auf und liefen weiter voran. Kein nennenswerter Widerstand, ab und zu schlug eine Granate ein, Maschinengewehre ratterten.

Der Anblick machte einen starken Eindruck auf mich, obwohl ich eigentlich vom Kriegshandwerk nichts hielt. Der Krieg war Wirklichkeit, und der Angriff funktionierte. Ich hatte das Gefühl, es müsse so sein, und hoffte, es ginge ähnlich an der ganzen Front der gewaltigen, in Bewegung geratenen Maschinerie des Krieges. Die Verluste in unserem Abschnitt waren gering, die polnische Armee hatte sich an anderen Stellen massiert. Meine Abteilung kam übrigens im ganzen, schon bald beendeten Polenfeldzug nicht zum Panzergefecht, da die Division kaum polnische Panzer vor sich hatte. Es ging weiter: Vormarsch - Bereitstellung - Vormarsch. Nach drei Wochen war alles vorbei, und ich hatte nicht einen Schuß abgegeben.

Ich erinnere mich vage aus jenen fernen ersten Kriegstagen, daß ich ein Gefühl der Entlastung verspürte. Der Rubikon war überschritten, das Warten und die quälende Ungewißheit waren vorbei. Daß im späteren Rückblick dieser 1. September zu den leichtesten Gefechtstagen an der Divisionsfront gehören würde, ahnte ich nicht. Ich war damals, nebenbei bemerkt, gerade 18 Jahre alt.

Heimatliches Jagderlebnis: Der kapitale Sechzehnender
Zimmerhausen, Herbst 1943

Die Jagd spielte in meiner Jugendzeit eine große Rolle. Mein Vater Paili ging dem Waidwerk im Sommer wie im Winter nach, wie es ihm seine Zeit erlaubte. Meine Brüder waren passioniertere Jäger als ich selbst, aber auch für mich war die Jagd eine reizvolle Betätigung. In der Vor-Osterzeit — „Oculi, da kommen sie"— ging sie mit dem Schnepfenstrich an. Paili fuhr so manchen Abend in unseren Wald und wartete auf seinem Stand auf die balzenden Schnepfenvögel. Günther und ich begleiteten ihn oft, später standen wir mit eigener Schrotflinte in einer Waldlichtung. Die Schnepfen kamen pfeilschnell oder um die Bäume gaukelnd, man hörte sie oft schon vorher an ihren Pfeif- und „Quorr"-Lauten. Wenn eine in Schußweite kam, und das passierte nicht sehr oft, schoß ich sehr viel mehr vorbei, als daß ich mal eine erlegte. Aber schön war die Abendstimmung unter den sanft rauschenden Bäumen bei zunehmender Dämmerung. Das Frühlingskonzert der vielen Vögel wurde langsam schwächer und verstummte schließlich. Wenn es dunkel war, schulterten wir die Flinte und zogen, meistens zunächst schweigend, zu dem weiter entfernt stehenden Wagen.

In demselben Teil unseres Waldes, dem Buttlin, gab es auch viel Reh- und Rotwild. Es zu beobachten, auch ohne zum Schuß zu kommen, war schön und lohnte das Jagen. Wir pirschten zu Fuß oder fuhren mit dem Doppelspänner-Jagdwagen hinter zwei Pferden — diese Wagenfahrt störte das Wild erstaunlich wenig — durch die schmalen Schneisen und spähten links und rechts nach dem Wild. Oder wir saßen auf einem Hochsitz an und warteten ab, was sich unter uns tat. Es ging dann immer um das Erlegen eines bestimmten, aus der Schonzeit bekannten Bocks oder Hirsches — weibliche Tiere wurden dabei nicht geschossen. Der Buttlin hatte einen großen Reh- und Rotwildbestand, allerdings nicht nur auf unserer Seite; das Wild wechselte zwischen unserem Revier und anderen, besonders dem unseres Nachbarn Graf Bismarck-Osten, Plathe, hin und her. Ich habe selbst im Herbst 1942 einen ganz guten „ungeraden Vierzehnender" geschossen; meine Frau trägt noch eine Brosche mit den „Hirschhaken", den bräunlichen Eckzähnen dieses Hirsches.

Im Herbst des Kriegsjahres 1943 war ich wieder auf Urlaub von der Ostfront und pirschte eines Abends allein im Buttlin, die Jagdbüchse über der Schulter, das Fernglas vor der Brust. Ich war auf dem „Hauptgestell", der größten Schneise, die durch den Wald mit Erlenbestand führte. Plötzlich hörte ich es ab und zu klappern und wußte, ein Hirsch war in der Nähe, der mit seinen Geweihstangen beim Weiterziehen an Erlenstämmen aneckte. Und tatsächlich, bald hatte ich ihn in 50 m Entfernung, also in optimaler Schußentfernung, vor mir. Es war der sagenhafte kapitale Sechzehnender, der in den letzten Jahren von Förstern und Jägern öfter gesichtet worden war — man wußte, was er auf dem Kopf hatte —, der aber immer dann, wenn die jährliche Schonzeit vorbei war, kaum noch auszumachen war.

Es war ein stolzer Anblick: Der Hirsch, umgeben von seinem Rudel weiblicher Tiere und Jungtiere, zog langsam durch den Erlenwald, hier und da äsend, ohne mich zu bemerken. Das weit ausladende Geweih mit je acht Enden an den beiden starken Stangen wiegte nach links und rechts, es erschien fast zu gewaltig über dem recht kleinen Tier. Ich wunderte mich, daß er nicht noch öfter an die Bäume anstieß.

Mir klopfte das Herz bis zum Halse. So etwas zu sehen, war damals nicht jedem vergönnt, gab es doch noch nicht das Fernsehen, das einem heute die Beobachtung der seltensten Wildtiere vom Wohnzimmersessel aus ermöglicht. Ich hätte den Hirsch bei der kurzen Entfernung leicht erlegen können, aber ich dachte nicht so weit. Der Hirsch war das höchste Jagdziel meines Vaters, seit Jahren hatte er ihm nachgestellt, ihn aber nur ab und zu von weitem gesehen. Ihn jetzt zu erlegen, kam mir als getreuem Sohn nicht ernsthaft in den Sinn. Der Hirsch zog unbehelligt weiter.

Und doch, als ich abends nach Hause kam und Paili erzählte, was ich erlebt hatte, sah er mich nachdenklich an und meinte: „Du hättest ihn besser schießen sollen. Wer weiß, ob ich nochmal…" In der Tat, der Krieg neigte sich zum schlimmen Schluß, Paili kam kaum noch zum Jagen, der Kapitale blieb bis zum Kriegsende, bei dem wir die Heimat verlassen mußten, am Leben.

Als ich mit der Familie 25 Jahre später wieder einen Besuch im jetzt polnischen Zimmerhausen, Mechowo, machte, zog es mich auch in den Buttlin. Der Wald war verwildert, die Schneisen waren zugewachsen, Schwärme von Mücken hingen um uns herum. Von Reh- und Rotwild keine Spur. Ich war in einer anderen Welt.

Nach dem Kriege habe ich das Jagen aufgegeben. Einmal noch habe ich in meiner Studentenzeit bei meinem Vetter Lulu Saint-Paul am Starnberger See einen Rehbock geschossen, aber es machte mir keinen Spaß mehr. Das Interesse, ein Stück Wild zu erlegen, war einfach weg. Es genügte mir vollauf, mich auf das Beobachten von Wildtieren zu beschränken. Das ist auch ein edles Waidwerk, und besonders bei meinen vielen Aufenthalten in Afrika und Asien hatte ich reichlich Gelegenheit, ihm nachzugehen.

Kriegswende im Kopfe — Das Schlüsselerlebnis
Im Mittelabschnitt der Rußlandfront, Winter 1942/43

Ich war im Spätherbst 1942, ein Jahr nach meiner schweren Verwundung bei Tichwin östlich Leningrad, wieder hergestellt und „kv" (kriegsverwendungsfähig) geschrieben. Im Dezember wurde ich — ich war damals Leutnant der Reserve — auf die langwierige Bahnreise zurück zu meiner alten Truppe geschickt. Meine Division, die nunmehrige 12. Panzerdivision, war im Mittelabschnitt der Ostfront, nordwestlich von Moskau, eingesetzt.

Es war harter Winter, als ich bei meiner alten Panzerjägerabteilung ankam, mit Nachttemperaturen zwischen -30 und -40°. Man hatte gelernt, Bunker, d.h. kleine Höhlen, zu bauen, die mit frisch gefällten Baumstämmen und Erde, darüber mit Schnee, abgedeckt waren. Jeweils eine Gruppe von 4 - 6 Mann hauste in einem solchen Unterstand, der zu niedrig war, um darin zu stehen. Manchmal hatten wir einen Kanonenofen in unserem Loch. In der langen Nacht gab es außer Kerzen keine Beleuchtung, wir lagen wie Heringe nebeneinander. Morgens versuchten wir, uns mit etwas Wasser aus einem Kanister draußen zu waschen — bei -30° ein sonderbares Unternehmen, aber es ging irgendwie.

Wenn die Truppe in Bewegung war, schliefen wir im Sitzen in unseren neuen „Selbstfahrlafetten": Panzerunterbau mit daraufgesetzten 7,5 cm-Panzerabwehrkanonen. War es sehr kalt, wurde von Zeit zu Zeit der Dieselmotor angelassen, der den Innenraum mitheizte, sodaß wir zwischen den eisigen Stahlwänden etwas wärmer wurden. Das war nicht gerade komfortabel, aber wir hatten es damit unvergleichlich besser als die armen Infanteristen, die allein oder zu zweit im Schützenloch vor dem einige 100 m entfernten Feind ausharren mußten. Weihnachten wurde mit einem Tannenbäumchen im Bunker begangen. Die Landser waren nicht sonderlich christlich gesonnen, doch sie feierten in sentimentaler Stimmung mit alten Weihnachtsliedern, vielen nach Hause gehenden Gedanken und mäßigem Schnapsgenuß.

Für den Neujahrsmorgen 1943 wurde ein Angriff mit dem Ziel einer begrenzten Frontbegradigung angesetzt. Ich war sehr gespannt, wie er verlaufen würde und wieviel von dem Elan lebendig war, mit dem die deutsche Truppe noch im Herbst 1941 angegriffen hatte. Man hatte mich hinsichtlich des Angriffsgeistes schon vorgewarnt. Beim Morgengrauen waren wir in unseren Fahrzeugen, und zur festgesetzten Zeit hoben sich die Infanteristen aus ihren Löchern, um vorzugehen. Aber wie?! Ganz vorsichtig und langsam krochen sie heraus und schlichen hinter den vorangehenden Offizieren und Unteroffizieren her, vorsichtig nach vorn sichernd. Keine Spur von dem Angriffsschwung, wie ich ihn noch 1941 in den ersten Monaten des Rußland-feldzuges erlebt hatte. Sowie die russischen MG einsetzten, warfen sich die Landser hin und waren kaum zum Vorrücken zu bewegen, auch wenn die Vorgesetzten sie anschrieen. Sowie sie von russischer Seite unter Beschuß genommen wurden, lief nichts mehr. Der Angriff blieb schlicht stecken. Er wurde noch am selben Morgen ohne oder mit nur geringem Bodengewinn abgeblasen. Gleichmütig zogen die Infanteristen sich wieder zurück.

Ich hatte selbst nicht zu Fuß mit angreifen müssen, aber ich war tief schockiert. Daß die Fronttruppe, und das in einer „guten" Division, jeglichen Schwung verloren hatte, daß die Offiziere nicht mehr in der Lage waren, ihre Soldaten mitzureißen, war für mich eine neue Erfahrung und ließ mich Schlimmes ahnen. Zwar war von dem Mythos des unbesiegbaren deutschen Soldaten im Verlauf des Rußlandfeldzuges und infolge der bekannt gewor-denen großen Verluste seit dem schlimmen Winter 1941/42 schon viel abge-bröckelt.

Aber nach jenem Neujahrsmorgen des Jahres 1943 kam ich nicht mehr an der Möglichkeit vorbei, daß der Krieg verloren sein konnte. Um die zah-lenmäßig weit überlegenen Russen zu besiegen, hätte es des Angriffsgeistes und Mutes bedurft, die in den ersten Kriegsjahren in der Fronttruppe herrschten. Daß es möglich war, diese wiederzubeleben, erschien mir nach jenem Schlüsselerlebnis zweifelhaft. Der Anblick der zögernden Soldatenge-stalten im weißen Tarnanzug am 1. Januar 1943 war eine Zäsur oder viel-leicht auch nur eine Bestätigung meiner unterschwellig vorhandenen Befürchtungen. Im Auf und Ab des weiteren Rußlandkrieges gab es auch wieder Erfolge und wurden Schlachten gewonnen. Jedoch die Katastrophe, die sich zur selben Zeit in Stalingrad abspielte, wo eine ganze deutsche Ar-mee eingeschlossen und im Frühjahr 1943 vernichtet wurde, war dann der erste sichere Beleg dafür, daß der Rußlandkrieg verloren gehen würde. Die Mehrheit der Deutschen, Soldat oder Zivilist, wollte das nicht wahr haben, und das noch lange.

Einige Zeit nach dem verlorenen Krieg besuchte ich in der DDR unseren alten Zimmerhäuser Gärtner Giese. So sehr er sich freute, mich wieder zu se-hen, erinnerte er mich vorwurfsvoll an ein Gespräch, das ich im Sommer 1944 in Zimmerhausen mit ihm geführt hatte. Er habe mich gefragt, ob Deutschland den Krieg noch gewinnen würde. Ich habe das bejaht und das könne er nicht verstehen, ich hätte das doch wissen müssen. Seine Behaup-tung wird wohl zutreffen, besinnen kann ich mich nicht auf sie. Wenn ich da-mals noch zur Möglichkeit des Sieges gestanden habe, ist das bis heute für mich beunruhigend. Ich war kein fanatischer Vaterlandsverteidiger oder gar

Hitleranhänger. Meine Haltung, die wohl weit verbreitet war, hatte etwas
mit der Furcht vor Defätismus zu tun: Hätte ich mir radikal klar gemacht,
daß die Chancen der deutschen Kriegsführung, das Blatt noch zu wenden,
sehr schlecht standen, hätte ich mich nicht mehr ganz einbringen können.
Das war aber, wenn es denn ein Überlebenskampf war, lebenswichtig. So er-
kläre ich mir das heute. Fast jeder klammerte sich an solche Hoffnungen,
mögen sie auch ganz irreal gewesen sein, und verdrängte die Endzeit-Be-
fürchtungen.

Während der letzten Kriegsmonate im Frühjahr 1945 — meine Heimat
war schon in der Hand der Russen — verschlug es mich als Ordonnanzoffi-
zier zum Führungsstab der 3. Panzerarmee, die an der Ostfront, von der Ostsee bis Eberswalde führte. Das Hauptquartier war zunächst in unserem
pommerschen Nachbarstädtchen Plathe, danach in der Artilleriekaserne in
Stettin, dicht am Kreckower Feld, wo ich während der Rekrutenzeit soviel
Schweiß vergossen hatte, und schließlich im Schlößchen Rollwitz bei Pase-
walk. Als ich in Stettin mit den Kameraden Stabsoffizieren etwas wärmer geworden war und das Gefühl hatte, die Mindestvertrauensbasis sei
hergestellt, wagte ich die Frage, die damals sehr viele Deutsche bewegte:
Was ist mit der angekündigten Wunderwaffe? Ich bekam nur ein müdes Lä-
cheln und Achselzucken zur Antwort. Bei mir brach der — zugegebenerma-
ßen schwache — letzte Hoffnungspfeiler weg, denn die Stabsoffiziere
mußten es bei ihrem privilegierten Informationsstand ja wissen, was auf der
technischen Seite noch möglich war.

Gewiß, ich hatte mir nicht recht vorstellen können, worin die von Goeb-
bels so meisterhaft ins Spiel gebrachte geheimnisumwitterte, kriegsentschei-
dende Wunderwaffe bestehen könne. Aber wie so viele Menschen hatte ich,
wenn auch mit erheblicher Skepsis, nicht ausgeschlossen, daß von da doch
noch eine Rettung kommen würde. Ich muß mir als Erklärung heute selbst
in Erinnerung rufen, wie effizient damals die Koppelung von Geheimhaltungspflicht und Propaganda war.

Woran machte schließlich der in den Grundfesten seines Denkens er-
schütterte Zeitgenosse mit unzureichendem Informationsstand am Kriegsende seine Hoffnung fest? Die Mehrheit der Soldaten, so auch ich, sah wohl
keine andere Möglichkeit, als mit zusammengebissenen Zähnen durchzu-
halten und zu überleben zu versuchen — oder auch ehrenvoll zu sterben. Ich
weiß nicht, ob es noch viel vom sogenannten gesunden Menschenverstand
gab. Und wenn ja, was hätte man (ich) am Ende tun sollen?

Beginn des Endspiels: Das Hitlerattentat und was politisch davor war
Rußlandfront, 20. Juli 1944

Noch einmal zurück im Zeitablauf. Ich war im Sommer 1944 Adjutant meiner alten Panzerjägerabteilung 2 im Mittelabschnitt der Ostfront. Es herrschte bei uns keine besondere Kriegstätigkeit. Zusammen mit meinem Kommandeur Major Fliege, er war im Zivilberuf Rechtsanwalt in Cham, hauste ich in einem als Befehls- und Wohnwagen umgebauten Kleinlaster. Warten war die Hauptbeschäftigung, wenn an der Front nichts los war. Dann kam eine alarmierende Radionachricht: Auf Hitler sei ein Attentat verübt worden, aber er habe es unverletzt überstanden.

Die Verwirrung, in die wir gerieten, war groß und wurde noch größer, als uns am nächsten Tag mitgeteilt wurde, daß der hochgeachtete Chef des Stabes der Armee, General von Treskow, bei einem Frontbesuch gefallen sei. Alsbald sickerte durch, Treskow habe sich erschossen, nachdem klar war, daß das Attentat mißglückt war, und er gehörte zu den Hauptverschwörern.

Wie wohl die meisten Offiziere an der Front war ich wie vor den Kopf geschlagen. Es blieb nicht verborgen, daß hinter dem Attentat eine nicht ganz unbedeutende Gruppe stand, und Wehrmachtsangehörige spielten offenbar eine große Rolle. Auch die, die vom Widerstand wußten, hatten sich meist wohl nicht klar gemacht, daß man versuchen würde, Hitler zu töten. Meine erste Reaktion war, so etwas könne man nicht machen — ein Attentat auf den obersten Befehlshaber zu verüben. Ich schloß mich der Meinung meines Kommandeurs an, der gewiß kein Nazi war: Auch wenn das Zutrauen zu Hitler weitgehend verloren gegangen sei, müßten wir ihn als Oberbefehlshaber anerkennen und zu dem auf ihn geleisteten Eid stehen.

Ich denke, ich habe mich damals spontan zu dieser Auffassung bekannt. Der geschworene Eid wurde von den meisten Offizieren sehr ernst genommen, was die Treuepflicht betraf. Zum NS-Regime — mochten wir es anerkennen oder nicht — konnten wir uns angesichts der bestehenden Machtstrukturen keine Alternative vorstellen. Würde es tatsächlich weggefegt, und das war nur nach großen Kämpfen in der Heimat möglich, erschien uns jegliche Chance verspielt, den Krieg noch zu einem erträglichen Ende zu führen — und darauf hofften wir damals schließlich.

Aber wie waren denn eigentlich die innenpolitischen Standpunkte, und wie waren wir — ich — politisch gesonnen? Die Familientradition hat mich stark geprägt. Mein Vater, Paili, war politisch nicht sonderlich interessiert. Bis die demokratischen Parteien von Hitler abgeschafft wurden, hat er Deutschnational gewählt. Er gehörte dem „Stahlhelm" an, einer rechtsstehenden Wehrsportvereinigung, die in Pommern besonders bei Teilnehmern des 1. Weltkrieges Anklang fand. Er war politisch konservativ und liberal und gewiß nicht reaktionär. Schon seine christliche Grundhaltung verbot ihm ein Eingehen auf den Nationalsozialismus.

Er muß die immer stärker werdende Hitlerpartei mit zunehmendem Unbehagen betrachtet haben. Aber er sprach nicht viel darüber, jedenfalls zu uns Kindern — anders als sein Vater Günther, mein Opapa, der oft lauthals über Hitler und seine Partei schimpfte. Kurzfristig war Paili SA-Mitglied gewesen, da der Stahlhelm im Zuge der „Gleichschaltung" geschlossen in diese Organisation überführt wurde. Aus der SA ist er aber mit der Begründung ausgeschlossen worden, seine kirchliche Einstellung vertrüge sich nicht mit der für einen SA-Mann erforderlichen Haltung.

Allerdings fand er nicht alles am Nationalsozialismus schlecht. Wie viele seiner Zeitgenossen gewann er der wachsenden außenpolitischen Unabhängigkeit des Nachkriegs-Deutschland, der Verbesserung der um 1930 katastrophalen wirtschaftlichen Lage, der mit der Agrarpolitik des Reichsnährstandes erreichten Stabilität der deutschen Landwirtschaft, auch der Deutschen Arbeitsfront, die durch den Zwangszusammenschluß von Arbeitgeber- und Arbeitnehmerverbänden die früheren Arbeitskämpfe ausschaltete, positive Seiten ab.

Aber er erlebte natürlich auch die immer brutaler werdenden politischen Eingriffe der Nazis, die einsetzende Judenverfolgung, den Kirchenkampf mit zunehmender Beunruhigung. Über den letzteren wurde er nicht zuletzt durch die aktive prokirchliche Beteiligung seines Freundes und Nachbarn Reinold von Thadden (mein Patenonkel) informiert. Er verabscheute dies zutiefst. Nur er sprach zu uns nicht viel davon, dies vermutlich, weil er uns unreife Burschen schützen wollte. Einmal, schon im Kriege, wir waren zu zweit auf einer Kutschfahrt über die Felder, führte er etwas aus, was mich bis heute bewegt und mich auch im Hinblick auf das heutige staatliche Rechtsverhalten sensibilisiert hat: Er sei überzeugt, daß ein Staat, der soviel Unrecht wie der unsere begehe, auf Dauer nicht überleben könne. Wie viele andere, die ähnlich dachten, war er froh, sich dem im Kriege immer stärker werdenden politischen Druck durch Eintritt als Reserveoffizier in die Wehrmacht entziehen zu können. Diese bot immerhin einigen Schutz gegen die Partei-Omnipotenz.

Vom Widerstand hat er sicher einiges gewußt. Reinold von Thadden war involviert, ebenso dessen Schwester Elisabeth, ferner sein Jugendfreund von Kleist-Schmenzin. Die beiden letztgenannten gehörten dem engeren Kreis an und sind nach dem Hitler-Attentat umgebracht worden. Paili hat sich dem aktiven Widerstand nicht angeschlossen.

Und ich selbst? Günther und ich nahmen bei ausgeprägt nationaler Gesinnung den Nationalsozialismus ohne großes Engagement hin. Jeder Junge mußte damals im Jungvolk, später in der Hitlerjugend sein, die Mädchen bei den Jungmädel. Der wöchentlich zu leistende Dienst kam in Zimmerhausen überhaupt nicht zustande, auf der später besuchten Schule, dem Joachimsthalschen Gymnasium in Templin, fand er statt, und zwar mit prämilitärischer Ausbildung: Geländespielen, Nachtmärschen nach Karte, Exerzieren oder einer als öde empfundenen politischen Schulung. Ich konnte mich dem wöchentlichen Dienst in Templin dadurch entziehen, daß ich Gefolgschafts-Geldverwalter, also Kassenwart wurde.

Von Seiten der Lehrerschaft habe ich aus meiner Greifenberger Zeit keine Parteiaktivitäten in Erinnerung. Am Joachimsthal trug der Direktor das Parteiabzeichen am Revers, aber er entfaltete keine besonderen nazistischen Aktivitäten. Anders unser Deutschlehrer: Dieser war „Alter Kämpfer" mit Goldenem Parteiabzeichen und ein richtiger Nazi. Aber da er auch gutmütig war, richtete er wohl keinen größeren Schaden an. Wir mochten ihn, nahmen ihn aber nicht sonderlich ernst. Im ganzen war dieses Gymnasium betont national und christlich ausgerichtet. An der Innenpolitik hatten die Schüler kaum Interesse. Ich denke, daß bis zum Ende der dreißiger Jahre nur ganz wenige alumni das Joachimsthal als „Nazis" verlassen haben. Dieses war insofern eher eine Ausnahme als die Regel im Schulsystem.

Als Episode sollte ich vielleicht noch erwähnen, daß die erwähnte Tante Elisabeth Thadden, die nach dem 20. Juli hingerichtet wurde, mich bei einem von ihr arrangierten Treffen im Berliner Hotel Adlon um 1943, ich war damals Leutnant, einmal vorsichtig ausgeforscht hat, wie ich zu Hitler stände. Mir ist erst später klar geworden, daß sie herausfinden wollte, ob ich für den Widerstand in Frage käme. Ich habe mich wohl ziemlich indifferent verhalten und bin auf nichts näher eingegangen. Mit meiner Gedankenwelt war ich einem grundlegenden politischen Umsturz auch 1944 ganz fern, wenn auch im Verlauf des Krieges meine Skepsis gegenüber dem Dritten Reich immer mehr gewachsen war. Überhaupt hatte sich die Begeisterungsfähigkeit für den Nationalsozialismus, die viele Junge wie Alte noch bis in die ersten Kriegsjahre an den Tag gelegt hatten, allmählich verflüchtigt. Ich selbst hatte im Kriege genug damit zu tun, den soldatischen Pflichten nachzukommen. Für „die Partei" war kein Platz. Was der aktive Widerstand und die Opfer des 20. Juli wirklich bedeuteten, ist mir erst allmählich, hauptsächlich während der Studentenzeit, klar geworden. Es lag und liegt für mich auf der Hand, daß der Umsturz damals nicht gelingen konnte. Aber mein Respekt für die, die ihn gewagt haben, ist mit zunehmendem Zeitabstand immer größer geworden.

Gerade noch davongekommen: Panzergefecht
Im Kurlandkessel, Oktober 1944

Der Krieg war noch nicht vorbei. Meine Division war ein halbes Jahr vor Kriegsende mit der ganzen Armee von den Russen eingeschlossen worden. Die russischen Truppen waren in Litauen südlich Riga an die Ostsee durchgestoßen. Wir saßen im sogenannten „Kurlandkessel", der nach Befehl der Heeresleitung gehalten werden mußte, obgleich es strategisch angezeigt gewesen wäre, den Ring zu durchbrechen und die Armee nach Süden in Richtung Ostpreußen zurück zu führen. Immerhin hatten wir über die Ostsee, insbesondere über die Häfen Riga und Windau, eine funktionierende Nachschubversorgung. Die Frontlage war im Oktober 1944 einigermaßen stabil, da der Russe keine großen Anstrengungen machte, den Kessel einzudrükken.

Die Division lag im Raum Moscheiken, einem hügeligen, dünn besiedelten Gebiet Kurlands. Die Russen machten gelegentlich kleinere Vorstöße, auch mit Panzern. Sie hatten inzwischen den Standardpanzer der ersten Kriegsjahre, den T 34, durch größere ergänzt. Wir hatten es mitunter mit dem gefürchteten T 54 zu tun, einem schwerfälligen, sehr stark gepanzerten Ungetüm mit einer 15 cm-Kanone, die unseren Paks nach Reichweite und Durchschlagskraft weit überlegen war. Wir konnten trotzdem den Kampf mit ihm aufnehmen, weil unsere Selbstfahrlafetten viel beweglicher und schneller in der Schußfolge waren. Freilich, ihn abzuschießen war vor allem der deutschen 8,8 cm Flak vorbehalten, die eigentlich für die Flugzeugbekämpfung gebaut worden war. Unsere eigene Taktik bestand darin, behende aus der Deckung vorzustoßen, einige wenige Granaten abzuschießen und schnell wieder zurückzusetzen.

Eines Tages also Panzeralarm. Auf einer Anhöhe uns gegenüber, 1 km entfernt, ein einsamer T 54, der unsere Infanteriestellungen mit Sprenggranaten eindeckte. Wir nahmen ihn vom Höhenkamm gegenüber unter Feuer, trafen ihn auch, aber mehrere Granaten nacheinander prallten von der kaum zu durchschlagenden Bugpanzerung ab, die Leuchtspur flitzte nach oben weg. Ich erkannte den ersten gegnerischen Schuß auf uns am Aufblitzen der Kanonenmündung drüben.

Dann, nach geraumer Zeit, wir hatten mittlerweile mehrfach geschossen und ohne sichtbare Wirkung getroffen, blitzte es wieder, und nach dem Bruchteil einer Sekunde sah ich tatsächlich das runde Geschoß direkt über meinen Kopf hinweg huschen. Ich weiß nicht mehr, wie der schnelle Schreck auf mich wirkte. Zeit zum Besinnen war nicht mehr. Mir war klar, was die

Stunde geschlagen hatte: Wären wir an unserer Stelle geblieben, hätte uns die nächste Granate sicher getroffen. Ich ließ den Fahrer also schnellstens in Deckung zurücksetzen, und wir versuchten den Kampf auch nicht mehr. Diesem Gegner waren wir nicht gewachsen.

Es ist selten, daß jemand den Tod so hautnah über sich hinweg fliegen sieht. Ich habe das erlebt, weil das Geschoß groß war und ich genau in die sehr flache Flugbahn blickte. Wieder einmal davon gekommen...

Zwei Tage später nicht weit von dort das nächste Gefecht, diesmal mit einem Trupp kleinerer Panzer, die im Tal unter unserer Anhöhe standen und wild um sich feuerten. Wir schossen den ersten mit einem Treffer in seine Seite ab, setzten zurück und kamen an einem anderen Fleck wieder hervor. Schuß auf den zweiten, der auch traf — die überlebende Besatzung sprang heraus. Ich gab den Befehl zum Zurücksetzen. Aber in diesem Augenblick kam eine ohrenbetäubende Detonation und Erschütterung. Wir waren von einem anderen, vorher nicht beobachteten Russenpanzer vorn getroffen worden. Unser Fahrzeug hatte sich gerade in Bewegung gesetzt, es rollte zu unserem Glück weiter zurück und blieb erst außer der Sichtweite der feindlichen Panzer stehen.

Unser Fahrer, neben dem die Granate eingeschlagen hatte, war tot, ich hatte einen Granatsplitter im Fuß, der Richtschütze und der Ladeschütze waren unversehrt. Wir Überlebenden waren unter einem Schock. Aber für mich war das ein richtiger „Heimatschuß". Ich kam per Lazarettschiff aus Kurland heraus in die Heimat und war erst kurz vor Kriegsende wieder genesen. Der Granatsplitter steckt heute noch in meinem Fußballen, es war damals zu schwierig, ihn herauszuoperieren. Meine Truppe blieb bis zum bitteren Ende in Kurland, die Armee endete in der russischen Gefangenschaft. Ich denke mit Beklemmung und Zuneigung an meinen bei dem Gefecht ums Leben gekommenen Fahrer, Breitschuh hieß er und war aus Vorpommern.

Kriegsende, Gefangenschaft und der Hammer schrecklicher Enthüllungen

An der Pommernfront, April/Mai 1945

Der Krieg war kurz vor dem Ende. Jeder wußte es, niemand traute sich, es in größerer Runde auszusprechen. Ich besinne mich, daß der Führungsstab der 3. Panzerarmee, in dem ich seit Anfang März 1945 Dienst tat, am 20. April zu einem kurzen Appell anläßlich des Führergeburtstages zusammentrat. Der Oberbefehlshaber, General von Manteuffel, war nicht dabei. Der Chef des Stabes, General Müller-Hillebrand, hielt eine Ansprache und sagte dabei, daß der Krieg nun verloren sei. Es ging wie ein Ruck durch uns angetretene Offiziere und Soldaten, mag er auch nicht sichtbar gewesen sein. Dies war die erste, von oben kommende öffentliche Bekundung der Tatsache, über die bisher Redeverbot herrschte. Ich war beeindruckt, daß der Chef das Tabu brach und sie endlich aussprach. Dabei war der finale Zusammenbruch schon in vollem Gange — wir waren nur noch drei Wochen vor der Kapitulation.

In unserem Abschnitt, der von der Ostsee bis nahe an den nördlichen Rand Berlins reichte, hatte die Front noch gehalten, aber der Großangriff der Russen stand unmittelbar bevor. Er begann um den 20. April, und sehr bald hatten sie südlich Stettin den ersten Brückenkopf über die Oder gebildet. Jetzt setzte die letzte Rückzugsbewegung ein. Mit kümmerlichen Schanzarbeiten waren Panzergräben und Auffangstellungen errichtet worden, noch einmal nach dem alten Soldatenmotto „Schweiß spart Blut". Aber sie hielten nur selten den feindlichen Angriffen stand. Die Straßen waren von den nach Westen strebenden Trecks der Zivilbevölkerung verstopft, sodaß die kämpfende Truppe sich nicht mehr frei bewegen konnte. An vielen Abschnitten der Front gab es noch Gefechte. Aber die Kampfmoral nahm rapide ab — wer wollte schon jetzt noch sein Leben aufs Spiel setzen? Viele Truppenteile lösten sich schlicht auf.

Das Armee-Hauptquartier wurde ab dem 26. April in kurzen Abständen in weiter westlich gelegene Orte verlegt. Es gab für den Armeestab eigentlich nichts mehr zu führen. Unsere Tätigkeit beschränkte sich darauf, zu notieren, wo der Feind und wo unsere Resttruppen standen. Ich machte dazu noch einige Erkundungsflüge mit dem „Fieseler Storch" des Armeestabes, einmal wäre ich bei Demmin beinahe abgeschossen worden.

Die letzte Station war die Försterei Buchholz südlich von Schwerin. Von dort fuhr am 2. Mai der Chef Müller-Hillebrand hinüber zum im Westen stehenden 12. amerikanischen Korps. Er kam am Morgen des nächsten Tages mit der erlösenden Nachricht zurück, daß der Weg in die westliche Gefangenschaft frei sei. Es war nämlich keineswegs sicher, daß wir von den Westalliierten als Gefangene akzeptiert werden würden, da wir ja an der Ostfront gekämpft hatten. Offiziere und Mannschaften kamen getrennt in ein provisorisches Gefangenenlager auf dem Flugplatz Hagenow. Von dort wurde ich in ein unter englischem Kommando stehendes Offizierslager in der Schützenhalle in Lüneburg überführt.

Der Krieg war nun für mich beendet. Ich besinne mich nicht mehr, wie erleichtert ich war, es war ja alles im Korsett letzter militärischer Entscheidungen abgelaufen, die für mich persönlich glückhaft waren. Aber in meinem Tagebuch habe ich nachgelesen, wie verwirrt und erschüttert ich war. Ich hatte, wie ich schrieb, den Krieg „restlos satt", und das nicht nur ob der verheerenden Katastrophe, sondern auch, weil er soviel Schlechtes im Verhalten der Menschen ans Tageslicht gezerrt hatte. Das letztere war mir besonders unheimlich. Mit dem Schwinden der kameradschaftlichen Zusammengehörigkeit und Bindung an die eigene Truppe löste sich auch das soldatische Ethos bestürzend schnell auf und machte dem individuellen Selbsterhaltungstrieb und Egoismus Platz. Wir standen alle materiell und immateriell vor dem Nichts: die Heimat und allen Besitz verloren, aber auch geistig fast orientierungslos: woher — wohin? Dabei hatte ich kein Selbstmitleid; es würde irgendwie weiter gehen, und ich war nur einer von Millionen.

Einen tiefen Schock erlebte ich im Lüneburger Offizierslager, als ich die von den englischen Bewachern an die Wand gepinnten Zeitungsausschnitte sah. Sie zeigten Photos, die unmittelbar nach der Befreiung der deutschen KZ im Osten gemacht worden waren: Leichen zuhauf, ausgemergelte Elendsgestalten im KZ-Anzug in großen Scharen, Schornsteine von Verbrennungsanlagen, zahllose düstere Baracken hinter Stacheldraht mit Wachtürmen. Ich war wie vom Donner gerührt.

Es war also nicht zu widerlegen, was jahrelang geraunt worden war und was wir als Feindpropaganda abgetan hatten. Wir wußten, daß es KZ gab und daß politisch Mißliebige und besonders Juden dorthin verfrachtet wurden. Das erste KZ habe ich schon 1937/38 in Oranienburg bei Berlin gesehen. Der Reichsbahnzug von meinem Schulort Templin nach Berlin fuhr direkt am Lager entlang. Stacheldraht und dahinter liegende nicht einsehbare Baracken erregten Neugier und Unbehagen, aber wir machten uns nicht allzu viel Gedanken. Von den im Verlauf des Krieges errichteten riesigen Anlagen in Theresienstadt, Auschwitz u.s.w. wußte ich nichts. Nur Gerüchte schwirrten hinter vorgehaltener Hand, und denen ging ich, wie die meisten Deutschen, lieber nicht nach.

Es ist heute kaum vorstellbar, daß der großangelegte Juden- und Politikermord dem größten Teil des deutschen Volkes verborgen geblieben ist. Aber es war so, und wenn etwas durchsickerte, so doch nicht über sein Ausmaß. Die Geheimhaltung war sehr streng, sie wurde mit politischem Druck und Bespitzelung durch die Partei aufrecht erhalten. Besonders die Fronttruppe wurde abgeschirmt. In der Etappe und auch in der Heimat wurde der Kreis der notwendigerweise Informierten, z.B. im Bahnpersonal, klein gehalten.

Allerdings — wir wollten es auch nicht wissen. Wohl nicht der „Mann auf der Straße". aber viele Angehörige der Mittel- und Oberschicht und Offiziere hätten sich, vielleicht mit einiger Gefährdung, informieren können. Wir widerstrebten dem, und das um so mehr, je verzweiflungsvoller die Kriegslage wurde. Lieber die Augen vor diesem Geschehen zumachen und nicht daran rühren, es schwankte schon so genug unter unseren Füßen.

So benommen ich war, so ahnte ich damals, im Mai 1945, nicht im entferntesten, was auf die Deutschen unter dem Stichwort „Auschwitz" noch zukommen würde. Die Bilder aus den KZ verblaßten zunächst in der Härte des Wiederaufbaues und der Begründung einer neuen Existenz. Der Begriff „Holocaust" und die Diskussion um den im Namen des Nationalsozialismus begangenen Völkermord kamen erst in den 70ern auf.

Ich bin nur kurz in Lüneburg geblieben. Ich riß aus dem Lager aus, wurde wieder eingefangen und landete schließlich im Gefangenenlager in Bemerode bei Hannover. Von dort bin ich Anfang Juli 1945, also nach nur zwei Monaten Kriegsgefangenschaft, entlassen worden. Ich fand meine Mutter und die zwei jüngsten Geschwister in Nienburg, wo ein Onkel, Siegfried von Campe, bis zum Kriegsende Landrat war. Nienburg war der Neubeginn für uns alle.

Bilanz der Stunde null: Mein Vater in russischer Kriegsgefangenschaft, er ist im Januar 1946 im Lager Walk in Estland infolge Entkräftung gestorben. Mein Bruder Günther 1941 in Rußland gefallen, der Bruder Busso irgendwo in westlicher Kriegsgefangenschaft, meine Schwester Brigitte in Zimmerhausen zurückgeblieben. Beide fanden sich später ein. Aller Besitz in Pommern verloren. Mit einer landwirtschaftlichen Lehre in Stolzenau an der Weser schlug ich den Beruf des Landwirts ein, auch mit dem verwegenen Gedanken im Hinterkopf, vielleicht später noch einmal Zimmerhausen übernehmen zu können. Es wurde dann ein Landwirtschaftsstudium an der Universität Göttingen und schließlich eine wissenschaftliche Laufbahn daraus.

Lichtblick im Wiederanfang — Die Unvollendete
Hovedissen, Winter 1946/47

Die Nachkriegsperiode hatte begonnen. Es war eigentlich noch kein Wiederaufbau, sondern mehr ein Wegräumen materieller und geistiger Trümmer, Besinnung auf Bewährtes, tastender wirtschaftlicher Neuversuch, Wiederanknüpfen von Beziehungen. Ich war im zweiten landwirtschaftlichen Lehrjahr, und zwar auf dem Gutsbetrieb meines Vetters Leo Graf Schulenburg im Lipper Land. Das erste Lehrjahr hatte ich in Stolzenau, nicht weit von Nienburg, auf dem Röbbingschen Pachtbetrieb absolviert. Ich war dort der einzige Lehrling gewesen. In Hovedissen waren wir vier Lehrlinge, die alle zusammen in einem Flügel des Gutshauses untergebracht waren. Wir mußten kräftig arbeiten, bekamen die für Lehrlinge angezeigte landwirtschaftliche Unterweisung durch den Inspektor aber nur recht spärlich. Das Leben neben der gräflichen Verwandtenfamilie war angenehm, und, was in den Hungerjahren sehr wichtig war, wir hatten genug zu essen.

In der Politik herrschte Besatzungsrecht, zuerst fing die deutsche Selbstverwaltung im kommunalen Bereich an, sich zu regen. Die westdeutsche Wirtschaft war noch nicht wieder in Gang gekommen. Die Landwirtschaft produzierte, war aber nicht in der Lage, den Nahrungsbedarf der um 12 Millionen ostdeutsche Heimatvertriebene vergrößerten Bevölkerung zu decken, zumal es keine Dünge- und Pflanzenschutzmittel zu kaufen gab. Die ostwestfälisch-lippische Region hatte viel Industrie, auch in den ländlichen Gebieten. Die Großbetriebe waren meist Opfer des Bombenkriegs geworden. Den verbliebenen mittelständischen und kleinen Betrieben mangelte es an Rohstoffen und Betriebsmitteln, zum Glück aber nicht an handwerklichen Fähigkeiten, Findigkeit und Improvisationsgeschick.

Die verbreitete Armut und vor allem der Nahrungsmangel waren schlimm. Sie ließen sich ertragen, weil sehr viele Menschen keinen Besitz mehr hatten. An den Bauernhöfen klopften ständig, besonders an den Wochenenden, die „Hamsterer" an. Es waren meist Frauen, vielfach mit Kindern. Sie kamen oft aus dem schwer geschädigten Ruhrgebiet und boten gebrauchte Haushaltsgüter, Kleidung und sogar Schmuck zum Tausch gegen Lebensmittel an. Die Demütigungen, denen sich die Frauen mit diesen Bettelgängen unterzogen, schnitten dem Beobachter ins Herz. Die Landwirte konnten sich ihrer nur schwer erwehren. Sie gerieten — zu Unrecht oder auch zu Recht — in den Geruch der Hartherzigkeit und Habsucht.

Wie schon am Kriegsende kamen auf beiden Seiten in dieser Notsituation nicht selten weniger edle Triebe der Menschen zum Durchbruch. Landwirtschaftliche Höfe und manchmal auch Felder mußten nachts bewacht werden. Wir erlebten es sogar, daß morgens aus dem reifen, aber noch auf dem Halm stehenden Weizen — es handelte sich in Hovedissen meist um Vermehrung wichtigen Saatgutes — breite Reihen Ähren herausgeschnitten waren. Diese Fälle echten „Mundraubes" gehörten noch zu den harmlosen Vergehen.

Die Kultur begann sich wieder zu regen, z. B. mit Lesungen oder lokalen Konzerten von Künstlern, deren Angehörige in der Bombenzeit in diese ländlichen Gebiete verschlagen worden waren. In Bielefeld, der 20 km entfernten Großstadt, gab es ein städtisches Sinfonieorchester, das schöne Konzerte veranstaltete. Ich hatte im Kriege ganz selten ein großes Orchesterkonzert gehört, besinne mich allerdings auf eines der Berliner Philharmoniker unter Furtwängler, der mich nicht zuletzt durch sein temperamentvolles, körperbetontes Dirigieren beeindruckte — sogar mit den Füßen schlug er aus.

Ich hatte also im Spätherbst 1946 für ein Schubert-Beethoven-Konzert am Sonntag Vormittag in der Bielefelder Oetker-Halle eine Karte ergattert. Busverkehr gab es noch nicht wieder, ich fuhr mit dem Fahrrad am Morgen los. Dieses Fahrrad war ein frisch erworbenes Eigentum, natürlich gebraucht. Da an einen Kauf von Gummireifen noch nicht wieder zu denken war, waren findige Handwerker auf die Idee gekommen, etwa 5 cm hohe Stahlspiralen — die gab es merkwürdigerweise — reihum auf die Radfelgen zu ziehen. Das funktionierte bestens. Das Rad fuhr sich ziemlich leicht, es machte allerdings auf Pflaster einen höllischen Lärm, und man rutschte in Kurven mangels Bodenhaftung der Spiralen schon mal aus. Aber ich war stolz auf mein „Spiralla" und benutzte es eifrig.

So auch zu der Konzertfahrt. Ich war am Sonntag Morgen von Hovedissen losgefahren. Es herrschte ein kräftiger, kalter Wind, gegen den ich nur langsam ankam. Nach etwa zwei Stunden hatte ich das Zentrum von Bielefeld erreicht und strebte durch die Trümmerlandschaft der ausgebombten Stadt mit dem sirrenden Gefährt der Oetker-Halle zu, die, o Wunder, von größeren Bombenschäden verschont geblieben war. Als ich etwas erschöpft ankam, hatte das Konzert schon angefangen. Ich wurde im oberen Rang eingelassen und sank erleichtert in einen Sessel.

Ich war in einer anderen Welt. Die Anstrengung der Fahrt, der pfeifende Wind, die Trümmerlandschaft mit den wenigen, ärmlich gekleideten Menschen auf den Straßen, die ganze lähmende Nachkriegs-Atmosphäre, sie fielen von mir ab. Ein geordnetes Dasein, in dem es Harmonie gab, umfing mich. Das Orchester war im ersten Satz der Schubertschen H-Moll-Sinfonie, der Unvollendeten. Das ruhig Fließende der Sinfonie, führte es oft

auch zu einem fast schrillen Fortissimo, der Melodienreichtum der Roman-
tik und auch das Funktionieren des konzentriert und gelassen musizieren-
den Orchesters, sie sprachen mich stark an, ich war fast verzaubert. Es gab
sie also noch, die Kultur, die die Eltern und Großeltern umgeben hatte, und
das Heute konnte an die Vergangenheit anknüpfen. Auch wenn aus der
Welt, in der sie und ich groß geworden waren, unendlich viel weggebrochen
war, ganz war sie nicht verschwunden. Dies war auch ein Signal für die Zukunft.

Mein Spiralla trug mich nach dem Konzert mit dem Wind im Rücken,
viel leichteren Fußes und schnell, nach Hovedissen zurück. Ich war in ver-
gnügter Stimmung, die auch noch länger anhielt. Ich habe dieses Fahrrad
übrigens 1947 an meinen Studienort Göttingen mitgenommen. Außer mir
gab es dort noch eine Studentin, die das gleiche Fortbewegungsmittel hatte
und damit durch die Göttinger Straßen lärmte. Ich denke, daß ich es dort
noch etwa ein Jahr gefahren habe, bis ich mir ein gummibereiftes Rad leisten
konnte.

Studentenleben und ein Bekenntnis: Kein schöner Land
Göttingen, 1949

Im Frühjahr 1947 habe ich das Landwirtschaftsstudium an der niedersächsischen Universität Göttingen aufgenommen. Als ehemaliger Kriegsteilnehmer war ich ohne Schwierigkeiten zugelassen worden. Ich zählte ja auch schon fast 27 Jahre — ein Alter, in dem in normalen Jahren die Studenten schon Examen gemacht hatten. Die Regelstudienzeit bis zum Diplom betrug drei Jahre, und es war üblich, daß der Student sie nicht überschritt. Es gab einen numerus clausus: 25 Neuzulassungen zum Landwirtschaftsstudium pro Semester. Da immer zwei Semester zusammen hörten, saßen 40 bis 50 Studenten in den Vorlesungen, davon bei uns 6 bis 8 Mädchen. Die Männer waren fast alle etwas älter, lebens- und meist kriegserfahren und dabei, wie uns die Professoren gelegentlich bestätigten, ziemlich lernbegierig. In meinem Semester waren unter den ehemaligen Kriegern zwei Ritterkreuzträger. Der Krieg als Erlebnis spielte übrigens in den Gesprächen fast keine Rolle, niemand wollte damals etwas davon wissen. Ich habe z.B. meinen Freund Siegfried Korth nie gefragt, wofür er das Ritterkreuz bekommen hatte.

Das gesellige Leben spielte sich überwiegend in kleinen Kreisen ab. Meine Schwester Brigitte hatte das Studium an der Göttinger Pädagogischen Hochschule zum gleichen Zeitpunkt wie ich das Landwirtschaftsstudium aufgenommen. Wir hatten am Kreuzbergring 107 zeitweise zwei Dachmansarden nebeneinander als Studentenbuden. Einen großen persönlichen und geistigen Rückhalt hatten wir beide im Haus des Historikers Percy Ernst Schramm, dessen Frau eine Thadden aus unserem pommerschen Nachbarort Trieglaff war. Beide, besonders Tante Eta, waren äußerst verwandtschaftlich und sozial eingestellt. Der Schrammsche Mittagstisch war durch große Gastfreiheit und recht bescheidenes Essen gekennzeichnet. Der Nährwert von „Elfenbeinschnecklingen", nach nichts schmeckenden, aber im nahen Wald reichlich vorhandenen Pilzen, war eine Zeit lang beliebtes Gesprächsthema bei Tante Eta. Ich habe an diesem Mittagstisch viele der damals bekannten deutschen Historiker und andere Koryphäen kennengelernt und höchst geistvollen Gesprächen zugehört.

Studentische Verbindungen wurden erst langsam wieder ins Leben gerufen, ich konnte mich zu keiner entschließen. Ich fand aber einen Heimatort in der Evangelischen Studentengemeinde, die mich dann auch stark geprägt hat. Sie hatte einen Kern von vielleicht 30 aktiven Mitarbeitern und wirkte in beachtlicher Breite ins Universitätsleben hinein. Ihre Veranstaltungen, für die sich leicht erstklassige Referenten finden ließen, fanden bei Studenten wie Assistenten größere Aufmerksamkeit. Es war ja die Zeit der geistigen und geistlichen Neuorientierung, und sehr viele junge Leute fragten nach neuen Grundlagen. Aus dem dort gewonnenen Freundeskreis habe ich zu einigen immer noch nahe Beziehungen.

Die landwirtschaftliche Fakultät hatte ihre eigene Studenten-Fachschaft, und der gesellige Zusammenhalt wurde auch innerhalb der einzelnen Semester gepflegt. Mein Semester feierte gelegentlich ein Tanzfest, an dem die meisten Studenten mit Anhang teilnahmen. Es fand häufig außerhalb Göttingens in einem ländlichen Lokal statt, dort waren die Preise erschwinglicher, und wir störten mit unserem Tanzlärm wenige Menschen. Es ging bei diesen Festen ziemlich gesittet zu. Die Tänze waren noch überwiegend die der Vorkriegszeit, also Walzer, Foxtrott, Polka, Tango u.ä. Als revolutionäre Neuerung tauchten der volkstanzähnliche „Lambeth Walk" aus Schottland oder ein amerikanischer Tanz auf. Kleine Gruppen lieferten auch mal eine Vorführung, man saß vergnügt beisammen und unterhielt sich gut.

Zu später Stunde brachen wir dann alle auf, und die meisten traten den Heimweg nach Göttingen zu Fuß in der ganzen Gruppe an. Der eigentliche Abschluß wurde in Göttingen mit einem besonderen Akt zelebriert. An der Ecke Groner Landstraße/Bürgerstraße, nicht weit vom Bahnhof, stellten wir uns in tiefer Nacht im Kreis auf, faßten uns an die Hände und sangen das Volkslied „Kein schöner Land in dieser Zeit als wie das unsre weit und breit…". Es war ein rührender und vielleicht auch demonstrativ gemeinter Akt. Man konnte sich schönere Länder als das Deutschland der Nachkriegszeit vorstellen. Aber es drängte uns wohl zu einem Bekenntnis zur Heimat und zu ihrer ländlichen Grundlage: dem Tal, „da wir uns finden wohl unter Linden zur Abendzeit". Schließlich wollten wir uns vielleicht in der Gemeinschaft bekräftigen. Wir gingen jedenfalls mit guten Gefühlen auseinander.

Die Gemeinschaft hat naturgemäß nicht lange gehalten. Nach dem 1950 abgelegten Diplomexamen flog alles auseinander, und nur kleine Freundesgruppen blieben erhalten. Manche gingen gleich in einen Beruf, oft übrigens in einen, der wenig mit dem des Agraringenieurs zu tun hatte. Andere, so auch ich, blieben zur Promotion in der Wissenschaft. Ganz ohne Arbeit blieb aus dem Kreis, den ich überblickte, niemand. Obgleich die Wirtschaft noch nicht wieder in Gang gekommen war, gab es genug zu arbeiten. Die weiblichen Konsemester liefen überwiegend in den Hafen der Ehe ein und gaben den Beruf auf.

An den Nachtgesang in Göttingen denke ich heute noch mit Bewegung, wenn dieses Volkslied angestimmt wird.

Der Glanz der Welt — Mit dem Motorrad nach Frankreich
Paris, Mai 1952

Ich hatte Landwirtschaftsstudium und Promotion in Göttingen im Frühjahr 1952 beendet und von der Osthus-Henrich-Stiftung — Osthus-Henrich war ein Industrieller in Herzberg mit philanthropisch-wissenschaftlichen Interessen — ein kleines Stipendium für Forschungszwecke ergattert. Es war als Vorfinanzierung für ein Forschungsvorhaben vorgesehen. Ich wollte es für eine kleine, von mir erdachte Studie über die strukturellen und ökonomischen Probleme des Weinbaus in Frankreich verwenden. Für mich war das der erste Versuch, aus der Enge auszubrechen, in der wir in der Folge der politischen Isolierung im Dritten Reich und der finanziellen Misere der ersten Nachkriegsjahre gelebt hatten. Es wurde auch mein erster Schritt auf die ausländische Landwirtschaft zu, die dann mein wissenschaftliches Leben ausgemacht hat.

Weinbau in Südfrankreich — das Thema lockte mich wegen der exotischen Ferne. Dem norddeutschen Landwirt, der zu werden ich mich anschickte, war das Thema nicht gerade ins Stammbuch geschrieben. Ich hatte einige Kontakte zu knüpfen versucht: Ich hatte an die Agrarfakultät der Universität Montpellier geschrieben und mir über meinen ehemaligen Göttinger Studentenpfarrer Wischmann, der damals Präsident des Außenamtes der EKD war, einige Adressen von französischen Protestanten der Gegend besorgt. Meine wissenschaftliche Vorbereitung war mangels in Deutschland erhältlichen Materials recht dürftig. In der französischen Sprache hatte ich dank sechsjährigen Unterrichts auf dem Gymnasium — in der Hitlerzeit war dort Französisch die erste moderne Fremdsprache — ganz gute Grundkenntnisse, aber ich hatte viel vergessen und keine Übung im Sprechen. Es reichte immerhin zu verstehen und mich auch verständlich zu machen.

Das wichtigste Zubehör war mein Vehikel. Ich hatte in Göttingen für ein paar hundert Mark ein 200 ccm-DKW-Motorrad, Baujahr 1936, erstanden. Für sein Alter von 16 Jahren war es in recht gutem Zustand, es wäre allerdings nie durch den TÜV gekommen, aber den gab es damals noch nicht. Ich machte mich also mit leichtem Gepäck, mäßig gefülltem Portemonnaie, Neugier und viel Selbstvertrauen auf den Weg, zunächst nach Paris, dem großen fernen Anziehungspunkt, wo ich mich ein wenig einleben und erste Schritte in die fremde Welt machen wollte. Von Helmut von Verschuer hatte ich die Adresse eines bescheidenen Hotels im VI. Arrondissement, nahe am Quartier Latin bekommen.

Nach zwei Tagen Fahrt war ich in Frankreich und erreichte am dritten Tag Paris. Die Vorstädte waren bald durchquert. Aber je näher ich dem Stadtzentrum kam, desto schwieriger wurde die Orientierung, zumal ich keinen guten Straßenplan hatte. Jetzt wirkte sich auch eine Tücke meines trefflichen Motorrades aus: Wenn der Motor heißgelaufen war und ich an Straßenkreuzungen oder zum Erfragen meines Weges im Leerlauf halten muße, beliebte der Motor stehen zu bleiben, und ich mußte den Kickstarter mehrfach umständlich betätigen, um ihn wieder zum Laufen zu bringen. Der Autoverkehr war ungleich größer, als ich ihn gewohnt war, und die Pariser Autofahrer hatten damals die Angewohnheit, bei jedem vermeintlichen Straßenhindernis und auch sonst, wohl aus Nervosität, auf die Hupe zu drücken. Nicht nur die Motoren, sondern auch die Hupen veranstalteten also in den Straßenschluchten einen ohrenbetäubenden Lärm. Er schwoll an, so schien es mir, wenn ich an einer Ampel oder einem anderen Hindernis hängen blieb. Ich kam bei dem Stop and Go und dem immer erneuten Durchdrücken des Starters mit dem linken Fuß erheblich ins Schwitzen.

Schließlich erreichte ich das Zentrum und überquerte die Champs Elisées. Der Verkehr floß langsam, und die Straße war breit, sodaß ich nach links und rechts schauen konnte. Ich hatte einen Blick in eine neue Welt, eine heile und glänzende, wie mir schien. Majestätische, unzerstörte Gebäude, die Avenue in beiden Fahrtrichtungen voll von Autos, die im Gegenlicht der Sonne aufglänzten, wie ich es mir nicht hatte vorstellen können. Das kannte ich aus dem armen Deutschland mit seinen zerstörten Städten und dem spärlichen Straßenverkehr nicht, es war überwältigend. Noch nie war mir wie in diesen Minuten der Nachkriegszeit so deutlich geworden, was wir materiell verloren hatten und was eine Stadt wie Paris uns voraus hatte.

Ich habe später an den Pariser Prachtstraßen den Eindruck der glänzenden Imperiale wiederzubeleben versucht, aber so stark wurde er dann nicht mehr. In Rom habe ich ihn vielleicht noch ähnlich erlebt, im grauen London nicht und im hastigen New York, das wieder einer anderen Welt angehört, schon gar nicht. Was Deutschland sich durch den Krieg selbst zugefügt hat und wie weit es hinter der westlichen Welt zurücklag, war mir noch nie so deutlich geworden wie an jenem sonnenüberstrahlten Maitag. Aber ich war glücklich. Paris hatte mich freundlich willkommen geheißen. Ich habe seitdem eine bleibende Sehnsucht nach der großen Hauptstadt.

Nach einer Woche fuhr ich weiter Richtung Süden, überquerte das eindrucksvolle, karge Zentralmassiv und langte gut in Montpellier an. Dort fand ich Quartier bei einer freundlich-kühlen Mme. Muller, bekam einen Arbeitsplatz in der Bibliothek des agrarökonomischen Instituts der Universität, wo ich dann auch die begehrte Fachliteratur fand. Ich fuhr oft hinaus in die

Umgebung von Montpellier mit ihren weitgestreckten, flachen Weinbaugebieten und befragte die paysans. Langsam fand ich Zugang zu dieser kulturell und wirtschaftlich so fremden Welt und sammelte fleißig Material. Natürlich fielen auch reizvolle Tagesausflüge ans Meer, nach Marseille, Avignon, Carcassonne u.ä. ab. Die Fahrten auf meinem Motorrad durch die langen, nicht allzu verkehrsreichen Platanenalleen — der Fahrtwind kühlte mich in der Sommerhitze — sind mir unvergeßlich.

Unerwartet mußte ich aber nach zwei Monaten den Aufenthalt abbrechen, um mich in Bonn bei einem Kurs für Agrarpublizistik einzufinden, für den mich meine Göttinger Fakultät nominiert hatte. Dieser Kurs hat mir bald danach auch zu meiner ersten Anstellung verholfen. Den noch nicht aufgebrauchten Teil meines Stipendiums habe ich dann zu einem zweiten Studienaufenthalt in Frankreich von Oktober bis Dezember 1952 benutzt, diesmal mit anderem Forschungsgegenstand und in einer anderen Gegend, nämlich dem Poitou. Von Poitiers aus habe ich mich für den Teilbau, eine mittlerweile wohl ausgestorbene Sonderform der Pacht interessiert. Aus beiden Studien habe ich meine ersten Veröffentlichungen nach der Doktorarbeit produziert. Von der wissenschaftlichen Befassung mit fernen Ländern und mit Menschen anderer Kultur und Sprache bin ich dann nicht wieder weggekommen.

Um ein Land wirklich kennenzulernen, ist es ja wichtig, daß man mit vielen Menschen näheren Kontakt hat. Das war für mich in Frankreich nicht leicht. Der Krieg, sieben Jahre zurück, hatte den Franzosen tiefe Wunden geschlagen, es war bei den meisten unvergessen, was die Deutschen in ihrem Land angerichtet hatten. Sie hatten im Frieden auch noch kaum Deutsche getroffen. Ich mußte mich also sehr vorsichtig bewegen, aber ich muß gestehen, daß die Begegnungen großen Reiz für mich hatten. Das lag auch daran, daß die jüngeren Intellektuellen, mit denen ich in Kontakt kam, also meistens Studenten, politische Diskussionen sehr liebten. Sie machten kein Hehl aus ihrer Abneigung gegen Deutschland. Aber dabei blieben sie meistens sehr fair und versuchten, mich nicht persönlich zu verletzen. An beiden Orten habe ich am ehesten Kontakte über die katholischen Studentengemeinden geknüpft und oft in die tiefe Nacht hinein mit Studenten diskutiert. Ich fand, daß mit Christen nicht nur gut beten, sondern auch gut über heikle Themen zu sprechen ist.

Weg in die Wissenschaft auch bei widrigen Winden
„Blanckenburg, nu aber los!"
Göttingen, 50er Jahre

Nach meiner Promotion im Jahr 1952 und kurzen Studienaufenthalten in Frankreich (s. den vorstehenden Herzschlag) und den USA bekam ich an meiner Göttinger landwirtschaftlichen Fakultät als erste voll bezahlte Arbeit die Stelle des Leiters der Abt. für landwirtschaftliches Informationswesen. Die amerikanische Besatzungsmacht hatte herausgefunden, daß in Deutschland eine erhebliche Lücke zwischen Wissenschaft und landw. Praxis bestand: Wissenschaftliche Erkenntnisse wurden nach Meinung der Amerikaner nicht schnell genug an die Landwirte weitergegeben. Zur Abhilfe sollte ein kleines Marshallplan-Programm beitragen. Die Amerikaner stellten den landwirtschaftlichen Fakultäten in den Westzonen für einige Jahre Mittel für eine Stelle zur Verfügung, die den Informationsfluß verbessern sollte. Es stellte sich allerdings nach einigen Jahren heraus, daß diese Arbeit als wissenschaftlicher Ansatz keine Zukunft in der deutschen Universitätslandschaft hatte, die Stellen verschwanden wieder. Immerhin, mit einigen meiner ersten Studenten, inzwischen auch Ruheständler, habe ich bis vor einigen Jahren guten Kontakt gehabt.

Ich hatte rechtzeitig angefangen, mich umzuorientieren, und zwar auf ein damals in Deutschland neues Fachgebiet, die Agrarsoziologie. Nach der Diskriminierung der Soziologie in Deutschland in der Periode des Nationalsozialismus entstand dieses Fach nach Kriegsende an den deutschen Universitäten neu, nur wenige der alten Größen des Faches waren noch verfügbar. In Göttingen baute Helmut Plessner, eigentlich Philosoph, die Soziologie wieder auf, unterstützt von Dietrich Goldschmidt, dem späteren Berliner Bildungsforscher. Ein weiterer Assistent war Christian Graf Krockow, der später mit kulturgeschichtlichen und historisch-biographischen Büchern hervorgetreten ist. Ich hatte besonders zu diesem freund nachbarliche Beziehungen entwickelt, die angehalten haben.

Mich zog es zu den Soziologen, weil es interessante Persönlichkeiten mit einem wichtigen Arbeitsgebiet waren. Aber mir war auch klar geworden, daß in meinen Agrarwissenschaften bislang die Behandlung der gesellschaftlichen Fragen zu kurz kam. In der Göttinger Fakultät hatte es nach dem Kriege nur einen etwas kuriosen Ansatz einer „Landvolklehre" gegeben, die aber kein wissenschaftliches Niveau erreichte. Ich sah hier eine Lücke, in der ich etwas tun konnte.

Die Beschäftigung mit den gesellschaftlichen Problemen der Landwirtschaft und Landbevölkerung faszinierte mich, sowohl was ihre internen Strukturprobleme als auch die sich rapide ändernden Beziehungen der Landbevölkerung zur industriell bestimmten Gesamtgesellschaft anging. Die Themen lagen mir auch von meiner Herkunft von einem pommerschen Gutsdorf her nahe. Ich war ja in engem Kontakt mit unseren Arbeiterfamilien aufgewachsen und hatte die Vorgänge im Dorf, auch die Beziehungen zwischen der „Herrschaft" und den Arbeiterfamilien, schon als Junge mit großem Interesse beobachtet, dies nicht zuletzt auch durch die Augen meiner gleichaltrigen Dorffreunde. Schon von diesem Hintergrund her interessierte mich, welche Veränderungen sich in der Nachkriegszeit auf dem Lande abspielten.

Das Fach Agrarsoziologie begann sich in den 50er Jahren in der Bundesrepublik zu etablieren, und zwar institutionell nicht als Unterdisziplin der Soziologie, sondern als Teilgebiet der Agrarpolitik. Nach meinem in Bonn, später in Gießen lehrenden Kollegen H. Kötter war ich der zweite, der sich damit zu befassen begann. Fachliche Anregungen kamen damals vor allem aus den USA, wo die Rural Sociology schon weit verbreitet war.

Wissenschaftlich hatte ich ein weites, unbeackertes Feld vor mir. Ich schrieb meine Habilitationsschrift über „Bäuerliche Wirtschaftsführung im Kraftfeld der sozialen Umwelt". Es ging um die Frage, wieweit das Verhalten der Bauern, hinaus über die Naturgegebenheiten (Boden, Witterung) und die wirtschaftlichen Bedingungen (Marktlage, Preise), auch durch soziologische Faktoren (Gruppenstrukturen, Normen u.ä.) bestimmt wird. Für die Durchführung bekam ich ein Stipendium der Deutschen Forschungsgemeinschaft. Meine Frau Esther half kräftig, indem sie neben der Betreuung der zwei Kinder eine Lehrerstelle an der Geismarer Grundschule übernahm. Die mehrjährige Untersuchung wurde wissenschaftlich akzeptiert. Bei der Entscheidung über meine Zulassung zur Habilitation stand aber mehr auf dem Spiel. Zwei Fragen stellten sich: War dieses neue, manchen sicher exotisch erscheinende Fachgebiet überhaupt wissenschaftlich tragfähig, und war der Kandidat Bl. geeignet, ihm in der Fakultät einen dauerhaften Platz zu verschaffen?

Ich war mir bewußt, daß diese beiden Fragen innerhalb der Fakultät nicht ohne weiteres mit Ja beantwortet werden würden. In der Tat kam ich nun in das in jeder Fakultät gelegentlich auftretende Spannungsfeld zwischen fachlich benachbarten Wissenschaftlern, in dem Plänkeleien, manchmal aber auch richtiggehende Machtkämpfe ausgetragen werden. Die nichtökonomischen Professoren der Fakultät hielten sich in meinem Fall bei grundsätzlichem Wohlwollen heraus. Anders in der Ökonomie. Die Hauptvertreter der Agrarökonomie, und zwar nicht nur die in Göttingen, waren meistens skeptisch gegenüber einem konzeptionellen Einbezug gesellschaftlicher Fragen in die Lehre. Manche lehnten ihn ab, andere waren gleichgültig, nur wenige förderten ihn. In meiner Fakultät stand mein Lehrer Wilhelm Abel, schon wegen seiner agrarhistorischen Ausrichtung, der Soziologie nicht fern, aber er betrachtete ihren Einbezug in die Agrarwissenschaften mehr unter einem „Laissez faire"-Prinzip. Er hielt diese Haltung auch bezüglich meiner Aktivitäten aufrecht und sah dem Verfahren leidenschaftslos wohlwollend entgegen.

Schwieriger war es mit den beiden weiteren Ökonomen Woermann und Hanau. Emil Woermann, hochangesehener landw. Betriebswirt, war der starke Mann der Fakultät. Ich hatte zum Glück persönlich ein sehr gutes Verhältnis zu ihm. Er stammte von einem westfälischen Bauernhof und wußte genau, wie bedeutend gesellschaftliche Fragen für die Entwicklung der Landwirtschaft und das Verhalten der Landwirte sind. Aber er empfand wohl den Einbezug soziologischer Fragen in das bisher streng ökonomisch ausgerichtete Lehrgebäude als störend und wich ihm lieber aus. Zur Förderung der Agrarsoziologie war er zunächst nur ungern bereit. Der dritte im Bunde war der Vertreter der Marktlehre Arthur Hanau. Er arbeitete eng mit Woermann zusammen, hatte aber zu Abel ein distanziertes Verhältnis. Er war von den dreien der purste Ökonom, von einem Einbezug der Soziologie hielt er nicht viel. Von daher lehnte er meine Habilitation auch ab, ohne es freilich deutlich zu äußern. Der vierte Beteiligte, der zur Philosophischen Fakultät gehörende Soziologe Helmut Plessner, befürwortete meine Arbeit, ohne sich besonders zu engagieren.

Die drei Ökonomen der Fakultät besprachen die zweifelhafte Sache. Offenbar wurde Abel gebeten, mir von der Habilitation abzuraten. Auf die von ihm genannten Gründe besinne ich mich nicht mehr, nur darauf, daß ich angesichts der Zurückweisung anfänglich ziemlich erschüttert war. Zum ersten Mal in meinem Leben schienen mir die Grundfesten meines Existenzaufbaus zu wanken. Aber die professores haben mich nicht überzeugt, und ich beschloß, am Ziel festzuhalten und mich durchzubeißen. Und siehe, das gelang mir auch, vielleicht auch dadurch, daß ich mich eine Zeitlang klein machte. Jedenfalls ging 1959 das Verfahren glatt über die Bühne. Es machte in der Fakultät Eindruck, daß zum Habilitationsvortrag nicht nur Fakultätsangehörige kamen, sondern z. B. auch ein ehemaliger und ein prospektiver Universitätsrektor: der Historiker Percy Ernst Schramm — er wurde später Kanzler des Ordens Pour le Mérite — und der erwähnte Plessner. Daß Schramms Anwesenheit auch mit unser beider verwandtschaftlicher

Beziehung zusammenhing, brauchte ich meinen Professoren ja nicht zu erzählen.

Ich war nun Privatdozent für Agrarsoziologie, allerdings ohne bezahlte Stelle. Den Familienunterhalt bestritt ich, finanziell unterstützt durch den Schulunterricht meiner Frau in der Geismarer Volksschule, mit Forschungsaufträgen, besonders bei der Göttinger Agrarsozialen Gesellschaft. Diese Arbeit hat mir insofern sehr gut getan, als sie mich etwas aus dem Elfenbeinturm der Wissenschaft führte und mir nähere Bezüge zur Wirtschaftspraxis vermittelte. Ich erkannte freilich in diesen Jahren, daß das Fach Agrarsoziologie für mich reichlich eng war und daß es besser war, mich zur Agrarpolitik hin, in meinem Fall hauptsächlich zur Strukturpolitik, zu orientieren.

Ich arbeitete also auf eine Erweiterung meiner venia legendi hin. Das Problem war, daß ich hierbei wiederum mit stärkeren Einwänden von Hanau zu rechnen hatte. Woermann, mit dem ich nach Abel meinen Plan besprach, stand der Sache positiver als früher gegenüber. Hanau ging in der zweiten Hälfte der 50er Jahre für ein Studienjahr nach Amerika. Als sein Vorhaben bekannt wurde, ermutigte mich Woermann mit dem klassischen Ausspruch: „Blanckenburg, nu aber los!", die Angelegenheit schnell durchzuziehen. Ich legte einige Arbeiten aus dem weiteren Bereich der Agrarpolitik vor, die anerkannt wurden. Als Hanau zurückkehrte, war ich Privatdozent für Agrarpolitik und Agrarsoziologie, was dieser auch ohne Kommentar geschluckt hat. Meine erste Arbeit nach der Habilitation war, ein agrarsoziologisches Lehrbuch zu schreiben — etwas derartiges gab es für dieses neue Fach noch nicht. Es ist 1962 als „Einführung in die Agrarsoziologie" bei Ulmer erschienen und ziemlich lange in der Wissenschaft — und hoffentlich auch in der Wirtschaftspolitik — benutzt worden.

Damit war für mich endgültig die Entscheidung gefallen, in der Wissenschaft zu bleiben. Allerdings erschien mir die inhaltliche Beschränkung auf Deutschland und Europa, die in der deutschen Agrarwissenschaft damals vorherrschte, als unbefriedigend. Ich hatte nach dem langen Eingesperrtsein in Deutschland in der Vorkriegs- und Kriegszeit Fernweh. Als mir D. Goldschmidt eine Anfrage der UNESCO übermittelte, für ein Jahr zur Forschung in das westafrikanische Nigeria zu gehen, griff ich zu, und meine Frau war auch einverstanden. Unsere Entscheidung für den schwarzen Kontinent beunruhigte die weitere Familie und erregte auch bei meinen Professoren Verwunderung: War es zu verantworten, mit drei kleinen Kindern in ein so fernes Land — für Deutsche praktisch terra incognita — zu gehen, das mit dem schwierigen tropischen Klima, gesundheitlichen Gefährdungen und womöglich politischen Wirren erhebliche Krisenherde bergen mochte? Wir ließen uns nicht abschrecken, und ich unterschrieb erwartungsvoll einen Einjahresvertrag für 1961/62.

Das Nigeria-Jahr verlief bei gut überwundenen Strapazen glatt. Es war unerhört anregend und interessant, und ich lernte viel. Mehr dazu in den folgenden Herzschlägen. Das Jahr war auch für mein berufliches Fortkommen entscheidend. Ich gehörte nach dem Nigeria-Jahr und einem bald folgenden Ägypten-Halbjahr zu den wenigen deutschen Agrarwissenschaftlern, die wenigstens einige Tropenerfahrung hatten, und diese war, gerade auch im Zeichen der einsetzenden Entwicklungshilfe, gefragt. Der andere Punkt war, daß ich nach Nigeria und Ägypten als Agrarsoziologe gegangen war, aber als Sozialökonom zurückkam. Mir hatten sich dort die engen Wechselwirkungen zwischen technischen, ökonomischen und soziologischen Sachverhalten in der ländlichen Entwicklung geradezu aufgedrängt. Es wurde mir endgültig klar, daß Entwicklungsbemühungen nicht allein auf technische und ökonomische Verbesserungen gerichtet sein dürfen. Anthropologische und soziologische Faktoren spielen in den wenig entwickelten Ländern eine große Rolle, vielleicht eine viel wichtigere als in den Industrieländern. Diese Interaktion zwischen den Bereichen wurde folglich zu einem Schwerpunkt meiner wissenschaftlichen Arbeit.

Die neuen Erfahrungen haben mir 1963 zu einem Ruf auf den Entwicklungsländer-bezogenen Lehrstuhl für Ausländische Landwirtschaft an der Technischen Universität Berlin verholfen. Diesen habe ich von 1964 bis zu meiner Emeritierung im Jahr 1986 wahrgenommen. Gleich zu Anfang der Berliner Arbeit habe ich mit dem Gießener ernährungswissenschaftlichen Kollegen H. D. Cremer ein größeres Opus in Angriff genommen: die Herausgabe eines breit angelegten „Handbuches der Landwirtschaft und Ernährung in den Entwicklungsländern", das 1967/72 in zwei Bänden und in erweiterter Auflage 1982/99 in fünf Bänden, jeweils mit zahlreichen deutschen und ausländischen Autoren, bei Ulmer erschienen ist. Es ist nicht nur in der Wissenschaft, sondern auch in allen deutschen Institutionen der Entwicklungspolitik und Entwicklungshilfe ein Standardwerk gewesen. Ich werde auch heute noch von Entwicklungsexperten darauf angesprochen.

Berührung mit der Welt der Geister
Nigeria, Frühjahr 1962

Im Jahr 1961 hat mein Leben eine entscheidende berufliche Wende genommen. Die UNESCO machte mir, wie eben erwähnt, während meiner Göttinger Privatdozentenzeit das Angebot, für ein Jahr zur Durchführung eines Forschungsprojektes an die nigerianische Universität Ibadan zu gehen. Ich sollte dort Möglichkeiten der landwirtschaftlichen Produktivitätserhöhung untersuchen. Die bäuerliche Landwirtschaft Nigerias war noch ganz überwiegend auf die Selbstversorgung der Familien mit Nahrung ausgerichtet. Die Einführung des technischen Fortschritts und die Modernisierung der ländlichen Gesellschaft waren in den allerersten Anfängen. Die Betriebe waren, was die Technik betrifft, noch weitgehend auf der Handarbeitsstufe. Die Marktverbindungen reichten meistens nur bis zur nächsten Kleinstadt. Es lag auf der Hand, daß Entwicklungsmaßnahmen nötig waren. Das Forschungsvorhaben sollte dazu einige Grundlagen liefern, denn bisher lagen hier kaum gesicherte Erkenntnisse vor. Allenfalls hatten ethnologische Studien Beiträge geliefert.

Ich habe den Auftrag mit Eifer akzeptiert. Esther war entschlossen, mich nicht allein gehen zu lassen, und so habe ich sie und die drei kleinen Kinder für ein Jahr in den schwarzen Kontinent mitgenommen. An unserem Universitäts- und Wohnort Ibadan gab es eine ganze Anzahl Europäer, meistens Engländer. Aber die Umgebung war hauptsächlich von schwarzen Nigerianern mit einem uns ganz fremden kulturellen, gesellschaftlichen und politischen Hintergrund geprägt. Das machte den Aufenthalt schwierig, aber auch unerhört reizvoll. Wegen des heißen tropischen Regenwald-Klimas waren die Lebensbedingungen nicht gerade einfach. Wohnhäuser mit Klimaanlagen, wie sie heute dort fast selbstverständlich sind, gab es an der Universität und auch sonst noch kaum. Man mußte mit der sehr feuchten Hitze fertig werden. Aber diese Erschwernisse haben wir gern in Kauf genommen. Es gab einige Tropenkrankheiten wie Malaria in der Familie, die aber, Gott sei Dank, gut überwunden wurden.

Wir gehörten am Ort natürlich nicht zu den Entdeckern Afrikas, fühlten uns aber doch ein bißchen als Pioniere. In der ersten Nachkriegszeit gab es außer einigen Ethnologen und Entdeckungsreisenden kaum Deutsche, die länger in diesen Teil Afrikas vorgedrungen waren. Und für die andere Seite, die Landleute in nigerianischen Dörfern, waren wir sensationelle Besucher. In etlichen der Dörfer, die wir besucht haben, war noch nie ein Weißer gewesen, die Menschen hatten von diesen in der gerade zu Ende gegangenen Kolonialzeit nur als fremden Herren, fast aus einer anderen Welt, gehört. Als ich Frau und Kinder einmal in eines meiner Dörfer mitnahm, waren die Dörfler besonders von unseren weißen Kindern fasziniert. Es war beeindruckend zu beobachten, wie sich einige Frauen vorsichtig an unsere einjährige Tochter Ines heranpirschten, um ihre blonden glatten Haare zu befühlen.

Für meine Forschung konnte ich auf keine schriftlichen Unterlagen zurückgreifen, dies war absolutes Neuland. Mir blieb nur der Weg der empirischen Forschung mit Erhebung von Daten in den Untersuchungsgebieten, d.h. vor allem Befragungen von Bauern, Händlern und anderen Kennern der Örtlichkeit. Da ich in den Dörfern nicht auf Englischkenntnisse — auf Deutsch schon gar nicht — rechnen konnte, war ich auf junge Universitätsabsolventen angewiesen, die für mich aus der lokalen Sprache ins Englische übersetzten und mir bei der Arbeit halfen.

Wenn wir ein Dorf als Untersuchungsgegenstand ausgewählt hatten, mußten wir zunächst in umständlichem Palaver das Einverständnis des Dorfältesten oder des Häuptlings einholen. Dieses wurde meistens erst erteilt, nachdem ich dem Rat der Dorfältesten mein Forschungsvorhaben vorgetragen hatte. Die Zustimmung war aber keineswegs selbstverständlich. Denn wie sollte ich diesen Menschen, die noch nie etwas von Forschung gehört hatten und sich nicht vorstellen konnten, wozu mehr Wissen über ihre Lebensverhältnisse erwünscht sei, den Zweck klar machen? In den meisten Fällen gelang es mir, Mißtrauen und Widerstand zu überwinden. Aber gelegentlich wurde ich auch unverrichteter Dinge weggeschickt und mußte mir ein anderes Dorf suchen. Das ärgerte mich natürlich, aber ich muß gestehen, daß eine solche Abweisung mir auch imponierte. Ich berichte im Folgenden weniger über die Befragungsarbeit und ihre Ergebnisse — das würde hier zu weit führen. Im Vordergrund werden besondere Ereignisse stehen, und davon gab es mehr als genug.

Nigeria war zu Anfang der sechziger Jahre, bald nach der Unabhängigkeit, ein Land mit vielen religiösen Komponenten. Die größte Bedeutung hatten, jedenfalls in den Landgebieten, die überkommenen animistischen Religionen. In Nord-Nigeria dominierte daneben der Islam. Das Christentum verbreitete sich von den Städten aus, in denen während der Kolonialherrschaft Kirchengemeinden entstanden und Kirchengebäude gebaut worden waren, sowie von christlichen Missionsstationen im platten Lande aus. Die letzteren waren keineswegs nur mit der Bekehrung von „Heiden" befaßt, sondern betrieben auch eine oft sehr wirkungsvolle Sozial- und Bildungsarbeit. Ich habe weiße Missionare verschiedener Bekenntnisse kennengelernt, die auf entlegenen Stationen Inseln der Bildungs- und

Sozialarbeit sowie der Frauenarbeit geschaffen hatten und manches Gute bewirkten, auch wenn es keine große Breitenwirkung hatte. Sie lebten mit ihren Familien vielfach unter sehr einfachen Bedingungen, ohne Elektrizität, Wasserleitung und zivilisatorischen Komfort, mit batteriebetriebenem Radioempfänger als einziger Verbindung zur europäischen oder amerikanischen Heimat. Gemessen an dem, was sie zu entbehren hatten, waren sie mit erstaunlichem Elan tätig.

In meinen Untersuchungsgebieten herrschten animistische Religionen vor, die das tägliche Leben der Menschen mit großer Kraft beeinflußten. Ein erstes Beispiel: Ich befragte die Bauern im Dorf Owe im Raum Benin, die neben der herkömmlichen Nahrungsproduktion die Kultivierung von Hevea-Sträuchern für den Exportmarkt aufgenommen hatten. Das Endprodukt Gummi war noch nicht von überzeugender Qualität. Deswegen schlug die Landwirtschaftsberatung vor, das Rohprodukt, die sog. „rubber sheets", in Räucheröfen haltbarer zu machen, statt nur in der Luft zu trocknen. In anderen Gegenden wurde das schon mit etwas größeren Anlagen genossenschaftlich gemacht. Ich fragte die Bauern, warum sie kein gemeinsames Smokehouse errichteten. Die Antwort war, das ginge nicht. Denn dann würden bei Nacht Diebe kommen und das Smokehouse ausräumen. Meinen Einwand, sie könnten doch Nachtwächter einstellen, wischten sie beiseite. Denn die Diebe würden sich „charms" (z.B. ein in den Boden gestecktes Stück Eisen mit magischer Kraft) besorgen, die den Nachtwächter einschlafen ließen. Deswegen könne man meinem Vorschlag nicht folgen. Dagegen half kein Argumentieren. Selbst mein akademisch ausgebildeter Assistent Samson Ibizugbe, überzeugter Christ, schloß nicht aus, daß das stimmen könne.

Ein besonderes Erlebnis hatte ich im nahegelegenen Dorf Ova. Ich war gerade dabei, den Vorsitzenden der dortigen Gummigenossenschaft zu interviewen, als dieser mich unterbrach, er müsse fort zu einer Zeremonie, zu der er von einem Priester einer animistischen Gruppe eingeladen war. Ich könne mit meinem Assistenten Samson mitkommen. Es stellte sich heraus, daß es sich um die Initiation eines neuen „native doctor", eines Zauberpriesters handelte. Es gab in dieser Gegend, wie in vielen anderen des schwarzen Afrikas, zwei Arten eingeborener „Ärzte", nämlich Kräuterdoktoren (herbalists) und mit Magie arbeitenden Wahrsager („diviners"). Hier handelte es sich um den zweitgenannten Kult.

Der Akt hatte schon am Vorabend mit Tänzen begonnen. Jetzt waren im Haus des Kandidaten 12 native doctors versammelt. Der Kandidat selbst, um den es in dem bevorstehenden kultischen Akt ging, war nicht im Hauptraum. Aber ich wurde als Ehrengast mit Samson und dem lokalen Landwirtschaftsberater dort zugelassen. Das Festmahl sollte gerade beginnen, als wir eintraten: Gekochtes Ziegenfleisch mit vielen Eingeweiden, dazu Yamsbrei und eine graugrüne Soße wurden aus einer auf dem Boden stehenden Schüssel verteilt. Zu Anfang mußte, so wurde mir erklärt, der Teufel bedient werden. Eine Schüssel wurde gefüllt, für ihn nach draußen getragen und an einer bestimmten Wegkreuzung abgestellt. Dann erschien die junge Frau des Kandidaten, die das Essen zubereitet hatte. Sie kniete nieder, küßte den Fußboden und kostete aus einer ihr gereichten Schüssel vor. War es das übliche Zeremoniell, oder traute man sich gegenseitig wirklich nicht so ganz?

Als nächstem wurde dem Kandidaten das Essen in den Vorraum gereicht, und danach erhielt ich eine große Schüssel. Ich war in ziemlicher Verlegenheit. Zum einen hätte ich Schwierigkeiten gehabt, das höchst unappetitlich aussehende Mahl zu schlucken. Zum anderen scheute ich mich, mich in diesen mir eigentlich ganz widerstrebenden Kult einbinden zu lassen. Samson lehnte das ihm angebotene Essen mit Entschiedenheit ab. Er erklärte mir, er sei Christ und könne deswegen nicht mitessen. So kriegte ich von dem jungen Nigerianer einen Rippenstoß und war froh, daß ich mich ebenso entschließen konnte. Unsere negative Entscheidung wurde mit Überraschung, aber ohne spürbare Enttäuschung aufgenommen. Man bedeutete uns aber, wir sollten den Raum verlassen. Wir setzten uns also in den Vorraum, konnten von da durch die offene Tür das weitere Geschehen beobachten.

Das Essen drinnen war noch nicht lange im Gange, da kriegte man sich in die Wolle und schrie sich gewaltig an. Es ging, wie ich mir erklären ließ, um die Frage der Seniorität, also die Rangabstufung unter den anwesenden Magiern. Diese spielte bei der Essenszuteilung und, wie sich später zeigte, bei der Verteilung der von dem Kandidaten zu entrichtenden Geldkontribution eine Rolle. Das lautstarke Palaver dauerte über eine Viertelstunde, ohne daß dabei das Essen vergessen wurde. Ich befürchtete schon, ich hätte den kultischen Akt gestört. Denn angesichts meiner lebhaften Empfindung, ich befinde mich hier in einer unheimlich von Geistern umwobenen Atmosphäre, hatte ich zwischendurch einmal kurz und kräftig gebetet. Aber man beruhigte sich wieder. Der Streit schien übrigens anzustecken. Neben mir saßen noch einige jüngere Männer und ein Alter, die native doctors eines anderen Kultes waren. Der Alte und ein Jüngerer fingen auch an zu zanken, und zwar, wer von ihnen die größeren magischen Kräfte habe. Es kam tatsächlich so weit, daß der Jüngere den Alten herausforderte: Sie würden in der nächsten Nacht beide in den Busch gehen, und jeder sollte seine Geister rufen. Wer der Schwächere sei, würde dann sterben. Der Alte nahm das nicht an…

Das Essen ging zu Ende, und wir wurden wieder hereingebeten. Die drei Frauen des Kandidaten erschienen, sie kriegten nun auch schließlich eine Schüssel mit Essen überreicht, die sie kniend annahmen, küßten und nach draußen trugen. Sodann faßten sich die Magier alle mit einer Hand in Form eines Kranzes an und machten einen hübschen rhythmischen Singsang unter Hin- und Herschaukeln der Hände. Der neue Magier reichte einen Haufen Goldmünzen herein, der in einem umständlichen Zählverfahren, wohl wieder der Seniorität folgend, verteilt wurde. Dabei halfen die meisten mit vielen Worten nach, daß sie nicht zu kurz kamen. Der Akt endete schließlich damit, daß das Orakel befragt wurde, ob die Zeremonie angenommen werde. Der präsidierende Magier, übrigens einer der Jüngeren, er sah recht intelligent aus, warf vier Schnitze der Kolanuß mit schiebender Bewegung der Hand auf den Fußboden. Daraus, wie sie fielen, ersah man schließlich, daß die Sache der Gottheit angenehm war.

Ich war, so spannend die Zeremonie gewesen war, erleichtert. Zwischendurch war mir, wie schon angedeutet, zeitweise mulmig gewesen, und ich war froh, meinen Christengott hinter mir zu wissen. Mit kurzem Dank, aber ohne weitere Umstände kehrten wir mit dem Chairman zur Fortsetzung des Interviews zurück, und abends waren wir wieder in Benin.

Von Auge zu Auge mit großen und kleinen Leuten
Benin, Frühjahr 1962

Die soziale Schichtung der Landbevölkerung Nigerias war 1962, bald nach der Unabhängigkeit des Landes, noch sehr deutlich von der alten Machtstruktur geprägt. Diese verschwand im nun stattfindenden Modernisierungsprozeß allmählich. In den Dörfern hatten traditionell die Dorfältesten erheblichen Einfluß. In großen Gemeinden waren oft Häuptlinge für etliche Dörfer zuständig. Und dann gab es auch Könige, die ihr Mandat aus der Geschichte bewahrt hatten. Sie hatten schon in der Kolonialzeit zunehmend an Einfluß verloren, genossen aber in ihren (recht kleinen) Völkern immer noch hohen gesellschaftlichen Rang. Die neu entstandenen politischen Parteien spielten auf Dorfebene noch keine spürbare Rolle.

Einer der großen Könige in Nigeria war der Oba von Benin, dessen Vorfahren über einen mächtigen Staat geherrscht hatten. Ein Zeichen der Bedeutung Benins und besonders seiner früheren Kultur sind die großartigen Bronzefiguren, die in den letzten drei Jahrhunderten entstanden sind und sich heute z.T. in bedeutenden Museen westlicher Länder, auch in Deutschland, befinden. Bei einer uns heute unverständlichen Strafexpedition der britischen Kolonialmacht im Jahr 1897 ist die alte Kultur Benins untergegangen. Übrig geblieben ist eine Landstadt mit den üblichen Lehmbauten, freilich auch mit dem immer noch existierenden Königspalast, in dem Akenzua II, der Oba von Benin, residierte. Janheinz Jahn hat in seinem bewundernswerten Buch „Durch afrikanische Türen" 1960 erzählt, wie er beim selben Oba vorgesprochen hat.

Als ich nun mit meiner Familie zum ersten Mal Benin passierte, drängte meine Frau mich, einen Besuch beim Oba zu probieren. Wir wurden wider mein Erwarten sofort bei Hofe vorgelassen. Akenzua II war ein alter, recht abgeklärt aussehender Mann mit Brille in langem, weißem Gewand und weißer Mütze, insofern etwas an den Papst erinnernd. Er erkundigte sich freundlich interessiert nach meiner Arbeit, und wir sprachen über mein Untersuchungsdorf Owe, seine Mutter stammte von dort. Er ließ uns in einem Nebenbau einige seinen Vorfahren gewidmete Schreine zeigen, in denen große, kunstvoll geschnitzte Elfenbeinstoßzähne, alte Speere und andere Waffen zu sehen waren. Er lud mich ein, ihn wieder zu besuchen.

Als ich einige Wochen danach Benin passierte, fand ich dort eine Einladung des Oba in seinen Palast vor. Ich folgte ihr natürlich. Zunächst schien der Abend ziemlich langweilig zu werden. Aber dann erwärmte sich der alte Herr. Er fragte mich nach Deutschland und seiner politischen Situation aus.

Danach sprachen wir lange über die zwischen den Zivilisationen bestehenden Unterschiede und darüber, wie Kulturelemente übertragen werden können. Er war gegenüber dem Westen recht kritisch: „The Europeans think too fast and adopt too fast new patterns". Das Abwartende in östlichen Kulturen war ihm anscheinend sympathischer. Unser Gespräch dauerte immerhin 2 1/2 Stunden. In einer Ecke des Audienzzimmers hatten sich auf dem nackten Fußboden fünf Knaben seines Hofstaates gelagert, nur mit einer Badehose bekleidet und zwei goldene Ringe um die Fußknöchel gestreift. Sie mußten bei meinem Aufbruch aus tiefem Schlaf geweckt werden.

Einen Abend in Abakaliki, in meinem weiteren Forschungsgebiet in der Eastern Region, war ich beim höchsten Verwaltungsbeamten der Provinz, dem (britischen) Provincial Secretary Mr. Leach eingeladen. Er war ein bedeutender Mann mit großer Sympathie für Nigeria und hatte eine charmante, geistvolle Frau, wie ich sie unter den britischen Ex-Kolonialen sonst kaum angetroffen habe. Die Hauptperson des Abends war der Chief Justice, der oberste Richter der Eastern Province, Sir Mbafeno. Ich war beeindruckt von dieser Persönlichkeit: Cambridge-Erziehung, offen für alle kulturellen Fragen, politisch auf dem Laufenden, nicht nur, was sein Land anging, sondern auch bezüglich der Entwicklungen in Europa. Er war — nach Mrs. Leach — absolut ehrenhaft und ein Christ. Ich habe am Abend noch — offenbar schon mit einiger Skepsis — in meinem Tagebuch notiert, er sei ein bißchen das, was man sich unter einem Nigerianer der Zukunft vorstelle. Stoßseufzer: „Hélas, ob das je wahr werden wird?" Jetzt, vierzig Jahre danach résumiere ich: „Wohl kaum".

Und noch ein Erlebnis, diesmal etwas zweifelhafter. Ich war mit Familie auf dem Rückweg von meinem zweiten Untersuchungsgebiet Abakaliki in Ost-Nigeria und dem an einem Fluß gelegenen zauberhaften Domizil Sapoba nach Ibadan. In dem Dorf Ikwo statteten wir auf Anraten von Bekannten dem dortigen obersten Chief Nwancho einen Besuch ab: Er sei eine bemerkenswerte Person. Wir trafen einen älteren, stattlichen Herrn an. In seinem großen Anwesen hatte er, so wurde uns erklärt, 22 Ehefrauen. Britische Bekannte meinten, das sei bei weitem nicht alles. Er besitze mindestens 36 Frauen, was ja unter anderem auf großen Reichtum schließen läßt. Von diesen habe er aber etliche schon wieder nach Hause geschickt, dabei aber nicht seine erste, die Hauptfrau.

Ziemlich unheimlich war uns seine Geschichte. Unter der Devise „Okozi Obodo" (Bring die Stadt in Ordnung) sind in dieser Gegend um 1958, also vier Jahre vor unserem Besuch, etwa 300 Menschen umgebracht worden. Die Kolonialregierung mußte hart durchgreifen, um die zugrundeliegenden Machtrivalitäten zu beenden. Chief Nwancho gehörte nicht zu diesen Tätern. Er soll aber auch drei Widersacher getötet haben, und zwar, so sagte man, durch Erdrosseln mit einer Fahrradkette. Die Verwendung dieses ausgefallenen Instruments wurde von weißen Beobachtern sarkastisch als ein Symbol des jetzt dort Platz greifenden technischen Fortschritts interpretiert. Jedenfalls mußte er für ein Jahr ins Gefängnis, er wurde dann wegen nicht zureichender Beweise entlassen.

Dem Besuch der weißen Familie trat er etwas verlegen gegenüber, nur unsere drei Kinder fanden, besonders auch bei den Frauen, große Beachtung. Ich wußte dann auch nicht recht, worüber wir sprechen sollten. Immerhin schenkte er meiner Frau zum Abschied einen schönen, großen, lebenden Hahn, den wir im Landrover mitnahmen und der am nächsten Tag in Ibadan gleich in den Kochtopf wanderte.

Ein andermal mußte ich eine sehr unerquickliche Erfahrung machen. Ich war mit meinem Universitätskollegen Martin Upton unterwegs, und wir wollten in Asaba den großen Strom Niger mit einer Fähre queren. Die Fährbesatzung hatte uns vor Taschendieben gewarnt. Martin fuhr das Auto auf die Fähre, ich ging hinterher. Als ich nach dem Bezahlen mein Portemonnaie in die Tasche steckte, rempelte mich jemand von hinten an, und ich spürte, wie etwas in meiner Tasche passierte. Die Warnung fiel mir ein, ich griff in die Tasche — das Portemonnaie war weg. Da es nur der Rempler gewesen sein konnte, faßte ich diesen sofort. Wir durchsuchten ihn, aber er hatte es nicht bei sich und beteuerte lauthals seine Unschuld.

Ich ließ ihn nicht fort, und die Fährbesatzung nahm sich seiner an. Dabei wäre es ihm beinahe schlecht ergangen. Die Fährleute waren froh, endlich einmal einen der Diebe zu haben und schlugen erst sachte, dann immer erregter auf ihn ein. Wenn ich mich nicht dazwischen gestellt und ihn schließlich eigenhändig in eine Kabine gesperrt hätte, hätte das ganz übel geendet. Es war das erste Mal, daß ich eine solche schnelle Erhitzung der Gemüter, zum Töten tendierend, erlebte. Ich versuchte, den Mann in der Kabine zu einem Geständnis zu bewegen. Aber er fiel nur auf die Knie und schwor, daß er unschuldig sei. Ich entfloh schnell, weil ich seine zu Herzen gehenden Lügen nicht ertragen konnte.

Am Ufer wartete schon die von der Fähre informierte Polizei auf uns. Mit zwei Polizisten, dem Dieb und Martin wanderte ich zur Polizeistation. Unsere Aussage wurde umständlich protokolliert, und wir hofften, zur Weiterfahrt entlassen zu werden. Aber weit gefehlt: Der Justizinspektor verlangte, daß wir bis zum nächsten Tag dort blieben, weil die Sache gleich verhandelt werden sollte. Der Delinquent war ihm übrigens bekannt — er hatte als Magier gearbeitet. Martin spottete gleich, ich solle mich vor seinem juju, also Zauber, vorsehen, den er gegen mich anwenden werde. Na, der

Mann sah etwas töricht aus, war es allerdings wohl nicht wirklich. Ich wurde belehrt, wenn das Portemonnaie bei ihm nicht gefunden wurde, hätte das daran gelegen, daß er es wohl mit der gleichen Bewegung, mit der er es fingergeübt aus meiner Tasche geholt hatte, einem Spießgesellen hinter ihm zugeworfen hatte.

Am nächsten Morgen, nach einer Nacht in einem sehr mäßigen Hotel, fand tatsächlich die Verhandlung vor Gericht statt. Ich war zum ersten Mal im Zeugenstand. Ich mußte auf die Bibel schwören und diese küssen, wobei ich mich, des schwarzen Richters Englisch schlecht verstehend, etwas dämlich anstellte, zur Erheiterung des reichlich vorhandenen Publikums. Die Verhandlung war sehr sachlich: erst ich, dann Martin, dann der Dieb im Zeugenstand. Dieser behauptete, er sei Händler und habe auf der Fähre auf einem Lastwagen Güter im Wert von 40 Pfund gehabt. Der sei nun davon gefahren, und somit sei er der Geschädigte und nicht ich. Damit konnte er den Richter allerdings nicht überzeugen. Dieser ordnete an, ihn zum Markt zu führen, wo er beweisen sollte, daß er dort tatsächlich Waren gekauft hatte. Die Verhandlung wurde unterbrochen, und wir wurden in Gnaden entlassen. Als ich bei einem späteren Besuch wieder die Fähre benutzte, begrüßte mich die Besatzung mit Hallo und erzählte, der Dieb habe mehrere Jahre Gefängnis erhalten. Von meinem Portemonnaie und seinem Inhalt (auch Ausweise) natürlich keine Spur.

Wir fuhren nach Sapele, dem Haupt-Holzverarbeitungs- und Verschiffungshafen Nigerias weiter. Zu unserer Überraschung waren riesengroße Schiffe — bis zu 8 000 t — im Fluß. Von einem deutschen Holzhändler eingeführt, aßen wir im Athletic- (Europäer-) Club zu Mittag. Auf der Weiterfahrt unterbrachen wir bei einem Dorf, weil dort an der Straße gerade eine Tanzveranstaltung stattfand. Umgeben von einem großen Kreis der Dorfbevölkerung vollführte eine ca. 10 Personen starke Gruppe von Frauen und Kindern, geführt von einem Mann mit einer Feder im Haar, einen unglaublich hart stampfenden, rhythmischen Tanz zum Takt von Trommeln, die mir unerbittlich erschienen. Die Hingabe an den Tanz, im Gesicht der Frauen fast Ekstase widerspiegelnd, war beeindruckend. Die Vorführung war zu Ehren des jährlichen Dorffestes und dauerte, wie uns erklärt wurde, von 8 bis 12 h morgens und von 4 bis 8 h abends. Die Tänzer mußten bei der herrschenden Hitze am Ende ganz erledigt sein.

In meinem zweiten Untersuchungsgebiet Abakaliki ging es fachlich um die Frage, welche Faktoren zu der überraschend reibungslosen Verbreitung des bäuerlichen Reisanbaus in den dortigen Sumpfniederungen beigetragen hatten. Diese Arbeit klappte ähnlich wie in Benin. Die Menschen waren dort viel ärmer und ernster. Aber es gab trotzdem, wie immer in Nigeria, auch Erheiterndes. Einer meiner Interviewpartner war der Musikmeister seines Dorfes. Ich ließ mir die Instrumente zeigen: Trommeln in verschiedener Größe und etliche Gongs. Der Vorsteher des Compound kam dazu, und sie fingen an zu musizieren: 3 Trommeln, 2 Gongs, und dazu sangen sie. Das machte ihnen selbst soviel Spaß wie mir, sie vergnügten sich richtig daran. Ich bestellte mir zum Kauf zwei Trommeln und einen Gong: Preis 22 Shilling. Ich holte die etwas urtümlich aussehenden Instrumente später ab, ich habe sie heute noch in Berlin. Inzwischen spielen meine Enkel darauf.

Zwischen zwei Dörfern sah ich einmal vier Mädchen neben der Straße, die Reis worfelten. Wie schon in Vorzeiten warfen sie den ungereinigten Reis aus Körben gegen den Wind, um ihn von den Spelzen zu trennen. Ich hielt an, um mir das anzusehen. Als sie des weißen Mannes ansichtig wurden, ließen sie ihre Körbe fallen und rissen aus, gleich mindestens 100 m weit, und versteckten sich. Ich hätte gern gewußt, was in ihren Köpfen vorging.

Meine Feldarbeit ging im Sommer 1962 zuende. Sie war bei der großen Hitze, dem Mangel an zivilisatorischem Komfort und den langen Anfahrtswegen auf schlecht befestigten Lateritstraßen anstrengend. Andererseits war das Eintauchen in diese fremde Welt und die fast immer freundliche Begegnung mit ihren Menschen schön und äußerst anregend, letzteres besonders auch für meine wissenschaftliche Arbeit. Lange beschäftigt hat mich das Zusammentreffen mit einer heute fast archaisch anmutenden fremden Kultur und die Schwierigkeit, die Motivationen im Verhalten der Menschen zu erkennen.

Dazu am Schluß noch ein Beispiel. In etlichen meiner Untersuchungsdörfer wurde ich von einzelnen Dörflern hemmungslos um Hilfe angegangen. Die Bitten gingen von einem Hemd über Hilfeleistung zur Ausbildung des Sohnes, der Errichtung einer modernen Schule oder einer Fabrik oder wenigstens eines Kaufladens im Dorf, der Hilfe beim Straßenbau zum nächsten Ort schließlich bis zur Beschaffung von Krediten für die Landwirtschaft und besseren Gummipreisen. Hinter solchen, mich frappierenden Ansinnen stand offenbar die schlichte Vermutung, daß ich als Europäer den Allmächtigen nahestehe. Das Motto: „The white man is next to god" habe ich öfter zu hören bekommen. Allerdings, wenn ich erläuterte, solche kleinen oder großen Taten lägen gänzlich außerhalb meiner Kompetenz, wurde das mit Überraschung, aber ohne Ärger hingenommen.

Auch hier ist bis heute mein Wissensdrang nicht gestillt. Ich wüßte gern, welches Bild vom weißen Mann heute, 40 Jahre später, in diesen Buschdörfern vorherrscht.

Expertenarbeit und ein Sandsturm im Sudan

Kashm El Girba, März 1969

Das Reisen in den Tropen ist nicht mehr mit so vielen unerwarteten Ereignissen behaftet wie in den Entdeckerzeiten früherer Jahrzehnte. Die moderne Technik, die Erschließung des Raumes durch Straßen, Bahn, Auto und Flugzeug, die Verringerung der Feindseligkeiten zwischen Menschen und Völkern, auch die Tropenmedizin haben dem Aufenthalt in diesen Ländern viel von dem Unvorhersehbaren genommen und die Gefahren des Reisens verringert. Am wenigsten läßt sich die Natur zähmen, wie die nie aufhörenden Nachrichten von Naturkatastrophen gerade aus den Tropen zeigen. Ich bin nie ins Zentrum schwerwiegender Katastrophen gekommen. Aber hin und wieder hat mich die Naturgewalt gestreift und mich ahnen lassen, wie klein und ausgeliefert der Mensch in einer nicht gebändigten Umwelt sein kann.

Im folgenden Text werde ich neben einem besonderen Naturereignis schildern, in welcher beruflichen und sozialen Umgebung ich solches erlebt habe. Ich war im Frühjahr 1969 mit dem Institutsmitarbeiter K. H. auf einer Mission im Sudan, und zwar im Auftrag des Welternährungsprogramms (WFP) der UN. Es ging darum, zu ermitteln, wie wirksam das Nahrungshilfeprogramm in dem neu eröffneten Siedlungsgebiet Kashm El Girba war. Die sudanesische Regierung hatte, dem Beispiel des noch von der britischen Kolonialregierung eingeleiteten bedeutenden Siedlungsprojektes Gezirah folgend, ähnliche kleinere Vorhaben begonnen. Lokale Bauern, die sog Halfawin, ebenso mit ihren Herden ziehende Nomaden, aber auch aus weiter entfernten, dicht besiedelten Gebieten kommende Familien erhielten in dem von der Regierung vorbereiteten Projekt eine Siedlerstelle, die ihnen zu einer seßhaften landwirtschaftlichen Existenz verhelfen sollte. Etliche Entwicklungshilfe-Geberländer und die UN unterstützten das Vorhaben.

Obgleich es erst Frühjahr war, war es unglaublich heiß und staubig. Die Arbeitszeit endete meist schon am frühen Nachmittag, die Bauern gingen an den Abenden, wenn es kühler wurde, noch einmal auf ihre Felder. Erst in der Abendkühle wurde das Leben leichter, die Menschen tauchten aus ihren Hütten auf, und das gesellige Leben entfaltete sich.

In dem Projekt-Resthouse in New Halfa, in dem wir untergebracht waren, gab es allerdings nicht viel Gesellighkeit. Wir trafen einige, meist etwas trübselig wirkende Regierungsbeamte, die sich in dieser leeren Landschaft verbannt fühlten und möglichst bald in freundlichere Städte strebten. Sie ließen bemerkenswert wenig Pioniergeist für eine große Zukunftsaufgabe erkennen. Für uns waren ein mäßiges Essen und ein kühles Bier am Abend die einzigen Genüsse. Kontakt mit der weiten Welt gab es nur am Spätabend durch die Radionachrichten der Voice of America. Sonst waren wir auf uns selbst gewiesen, wir hatten allerdings mit der Auswertung der am Tage gesammelten Daten auch genug zu tun. In der folgenden Darstellung stütze ich mich wieder auf mein damals geführtes Tagebuch.

Wir saßen eines Abends in der Halle des Resthouse. Vor anderthalb Stunden waren 50 Männer und Frauen aus verschiedenen Projektdörfern erschienen. Sie hatten sich draußen zu einem Sitzstreik niedergelassen. Die unerwartete Aktion dieser bodenständigen Halfawin sollte dazu beitragen, die Lohnarbeiter-Familien, die aus anderen Gegenden zugereist waren und sich in den Dörfern niedergelassen hatten, wieder loszuwerden. Angeblich brauten diese Darfur-Leute Schnaps und Bier und verführten die jungen Halfawin zu schlechten Sitten. Die Halfawin verlangten nun von dem Commissioner Sayed Alim Ramadan kategorisch die Entfernung der Fremden. Dieser sah von sich aus keine Möglichkeit. Der Gouverneur in Kassala hatte sich durch eine Reise klug der Entscheidung über die Sache entzogen. Sein Deputy war „aus dem Süden", was hier eine Abqualifizierung bedeutete, d.h. er verstand nach Meinung der Einheimischen nichts von den Problemen. Die Sache sah an diesem Abend recht brenzlich aus — man wußte nicht, was sich entwickeln würde. Der Commissioner war sich auch noch nicht klar, was tun. Er verhandelte lange mit einer Delegation der Halfawin, neben sich den Vertreter des Local Council und den Polizeichef, der eher anheizte als vermittelte. Ich bedauerte wirklich, daß ich kein Arabisch konnte.

Nach einer langen Diskussion endete die Sache — vordergründig — friedlich. Der Commissioner bewog seine Kontrahenten, nach Hause zu gehen, „but the problem itself has not been settled", wie er mir erklärte. Für mich war das Ganze ein guter Anschauungsunterricht zur politischen Wirklichkeit in diesem schwierigen Land. Gerade aus dem vorsichtigen Taktieren des Commissioner wurde mir bewußt, welche Bedeutung dort das Emotionale hat, und wie wichtig andererseits die Kunst des Überzeugens ist. Viel leichter als bei uns westlich Geprägten kann der Funke zum Blutvergießen überspringen.

Einige Tage danach hatten wir ein ganz anderes Erlebnis: ein kräftiger Sandsturm, der die Welt, wenn auch nur kurzfristig, lahmlegte. Wir waren morgens zu einer Nomadengruppe gefahren. Von den über 2 000 vorgesehenen Familien hatten erst 530 Hütten gebaut. Wir konnten die Fortschritte besichtigen, sprachen mit einem Ladenbesitzer, bestiegen zum Spaß der Nomaden ein Kamel, und ich zog noch ein Probe-Interview ab. In der Siedlung, die auf einer riesigen grauen Brachfläche lag, wirbelte der Staub schon stark.

Am späten Vormittag waren wir wieder in unserem Resthouse, und es wurde immer windiger und staubiger. Alle Türen und Fenster wurden verschlossen gehalten, trotzdem drang der Staub ins Zimmer. Der Sturm nahm noch bis zum Nachmittag stetig zu. Ich sah nach kurzem, unruhigem Nachmittagsschlaf wieder hinaus. Von der Umgebung war fast nichts zu erkennen. Die ganze Luft, weit und breit, war leuchtend karmesinrot, was faszinierend, aber auch sehr kitschig aussah.

Der Sturm heulte um unsere Ansiedlung, kein anderes Geräusch konnte sich dagegen durchsetzen. Wir waren eingeschlossen und ausgeliefert, Mensch und Tier waren verstummt. Wir lagen auf unseren Betten und wälzten uns unruhig. Abends um 9 h hörte der Sturm langsam auf. H. und ich säuberten Betten, Waschbecken und Badewanne mühsam. Der übrige Staub wurde am Morgen von den dienstbaren Geistern beseitigt, die schon früh um 6 h mit ihren Klatschen zu arbeiten begannen. Ich empfand es als seltsam, daß das Leben unverändert weiter ging.

Die Arbeit schritt voran, und wir sammelten viel nützliches Material. Meine Leistungsfähigkeit wurde allerdings durch das heiße Klima etwas beeinträchtigt. Wir erhielten noch personelle Verstärkung: Der WFP-Project-Officer Singh aus Khartum stieß zu uns, offenbar ein besonders einfältiger Mensch. Bewegend war für mich die Islam-Frömmigkeit auch der Gebildeten. Das war in Ägypten, wo ich auch unter Moslems gelebt habe, viel weniger der Fall. Unser Commissioner betete an jedem Tag fünfmal. Einen Nachmittag waren wir mit ihm bei einem im Projekt tätigen Senior Agricultural Officer. Gegen 6 h, als der Himmel seine schöne gelbliche Abendfarbe kriegte, bat sich erst Sayed Alim die Betmatte aus und betete murmelnd im Vorraum Der Gastgeber schenkte uns danach hastig Tee ein und betete dann ebenfalls.

Unsere Interviews zur Lage der Siedler und zur Bedeutung, die die Nahrungshilfe für sie hatte, liefen gut. Hubert, WFP-Officer Singh und ich waren mit je einem Dolmetscher unterwegs. An einigen Tagen erledigte jeder von uns 8 Interviews. Dazu waren wir von 7 h morgens bis 5 h nachmittags unterwegs. Es war erstaunlich, daß sich das ganz reibungslos abwickelte. Besonders von den Nomaden hätte ich nicht erwartet, daß sie sich sofort zur Befragung bereit fanden, und das ohne die langen Vorreden, die ich bei den Bauernbefragungen in Westafrika halten mußte. Natürlich wurde uns nur teilweise die Wahrheit gesagt, sowohl Halfawin wie Nomaden stellten ihre Lage offenkundig schlechter dar, als sie wohl war. Das blieb uns nun abzuschätzen.

Auch sonst haben wir einiges erlebt. Einen Abend waren wir bei einem Siedler und Lokalpolitiker, der uns freigiebig bewirtete. Wir machten gleich bei ihm selbst und bei anderen Eingeladenen Interviews. Um 6 h unterbrachen wir die Befragungen zum Abendgebet der Moslems. Unter Anleitung eines der Interviewpartner, der Vorbeter im Dorf war, beteten die Männer. Die klangvoll vorgesprochenen Gebetsformeln und das von den Betern nachgemurmelte „Allah Akbar" waren höchst eindrucksvoll. Mr. Singh, kein Moslem, war anscheinend ganz ungerührt. Kaum waren sie fertig und der Vorbeter erklärte, sie hätten um Frieden gebetet, fuhr Singh in seinem Interview ohne die geringste Pause fort: „Do you apply fertilizer?"

Die Arbeit in Halfa endete dann planmäßig. Forscher wie Befragte waren zufrieden. Es wurden von beiden Seiten freundliche Abschiedsreden gehalten, und wir fuhren in Richtung Hauptstadt ab, wollten allerdings noch einiges Neue sehen. Zunächst ging es im Landrover nach Kassala. Wir fuhren anderthalb Stunden durch die Butana und durchquerten den Atbara River an einer Furt, wobei wir beinahe noch in einer Sandböschung steckengeblieben wären. Dann ging es in gewaltigem Staub durch das Gash-Land nach Kassala, mit 100 000 Einwohnern eine beachtliche Stadt. Um 3 h konnten wir aus dem heißen Sandwind in das angenehm kühle Fokker Friendship-Flugzeug steigen, in dem ich mich etwas erholte. Nach einer Stunde waren wir in Khartum und stiegen wieder im Grand Hotel ab. Khartum kam H. und mir unglaublich gepflegt, zivilisiert und grün vor!

Der Sudan-Aufenthalt war in dem Halfa-Teil sehr hart. Unsere zivilisatorischen Genüsse beschränkten sich auf sudanesisches kühles Bier und die laue Dusche im Badezimmer — that's all. Keine Unterhaltung, außer mit den meist deprimierten Bewohnern des Resthouse, keine Zeitung oder Musik. Und trotzdem — bei aller Eintönigkeit war es auch wieder farbig: der Sandsturm als besonderes Erlebnis, die würdigen Halfa- und Nomaden-Siedler und die Gespräche mit ihnen, die herzhafte Freundlichkeit des Commissioner Alim, überall Gastfreundschaft, die den kalten Europäer erst gewahr werden läßt, was ihm fehlt. Und dann natürlich der Auftrag, das Siedlungsprojekt zu erfassen und zu durchleuchten. Vor einer solchen Aufgabe ist mir immer etwas bange, ob sie zu bewältigen ist. Aber allmählich fügt sich Stein an Stein, oft mühsam, weil manche Auskünfte nicht parat sind, auch weil man an bewußte Widerstände stößt, bei denen oft nichts bleibt, als „Malesch" (macht nichts) zu sagen.

Einen letzten Abstecher machten wir von Khartum aus noch in die Gezirah, das damals wohl berühmteste afrikanische Siedlungsprojekt. Nach Ankunft mit dem kleinen kanadischen Flugzeug (5 Passagiere) in Wad Medani ging es nach Barakat, dem Sitz des Gezirah Board. Von dort fuhren wir

im Landrover quer durch die ganze Gezirah nach Managil, dem neuen großen Erweiterungsgebiet. Es war sehr eindrucksvoll, zu sehen, mit welchem
geringen Aufwand die Siedlerzahl Jahr für Jahr um viele Tausende wuchs,
und daß die meisten Felder gut bestellt waren, und das bei kleinem Einsatz
landwirtschaftlichen Personals: für 80 000 Siedler nur 400 Fachkräfte! Am
Spätnachmittag war die anstrengende Unternehmung beendet, sie hatte sich
gelohnt.

In der Morgenfrühe flogen wir nach Khartum zurück. Ich schlief die beiden letzten Nächte nicht gut, trotz des ruhigen und gegen Morgen auch küh-
len Hauses. Die Mission schloß ab mit der üblichen Berichterstattung in den
Ministerien und in anderen Dienststellen. Wir legten unsere vorläufigen Ergebnisse vor, die wir später natürlich noch detailliert ausarbeiten mußten.
Der Bericht wurde mit Interesse zur Kenntnis genommen, wenngleich wir
neben Positivem auch erhebliche Schwächen vorzutragen hatten.

Vor dem Abflug vom internationalen Flughafen gab es eine entsetzlich
langwierige Abfertigung. Mit einer Stunde Verspätung haben wir Khartum
verlassen. Es wurde dunkel, beim Blick aus dem Fenster erschien am Horizont das schöne, immer wieder faszinierende afrikanische Farbspiel: ein tief-
roter Streifen der Dämmerung, darüber ein helles Blau, das in tiefere Farben
übergeht. Wieder einmal ein Abschied von Afrika.

Drei Stunden später waren wir in Athen, zwei Stunden danach in Rom.
Ich war froh, als ich mich wohlgesättigt im komfortablen großen Alitalia-
Flugzeug der Zivilisation anheim gegeben fühlte, seltsamerweise mit einem
kleinen schlechten Gewissen ob der vielen im Sudan, die es nicht so gut hatten wie ich. Im Büro des Welternährungsprogramms in Rom folgte noch eine
zweite Berichterstattung, und dann ging es zurück nach Berlin, wo ich, wie
immer nach solchen Reisen, mit übervollem Dienstschreibtisch für die lange
Abwesenheit gestraft wurde. Aber ich war froh, die Familie gesund und vergnügt wiederzusehen. Neben dem dortigen Dienstbetrieb, der mich schnell
im Griff hatte, mußte ich mit Huberts Hilfe dann den endgültigen Kashm-El
Girba-Bericht ausarbeiten.

Ein heikler Flug in Indien
Zwischen Hyderabad und New Delhi, Mai 1971

Zur Vorbereitung eines Forschungsfreijahres, das ich mit meiner Familie in Indien verbringen wollte, bin ich im Frühsommer 1971 dorthin gereist. Über den Standort konnte ich selbst entscheiden. Er sollte die nötigen wissenschaftlichen Voraussetzungen (räumliche Problemnähe, Anbindung an eine qualifizierte Universität) und angemessene Voraussetzungen für die Familie (z.B. nicht zu hartes Klima, Schulmöglichkeiten für unsere fünf Kinder) erfüllen. Ich war auf der Reise in der Hauptstadt des Staates Andra Pradesh, in Hyderabad angelangt und wohnte dort bei meinem indischen Freund Lalit Sen, der am National Institute of Community Development tätig war. Dort hatte ich am letzten Vormittag noch Gespräche geführt. Ich freute mich, nach Deutschland zurückkehren zu können. Es war sehr heiß, ich hatte deswegen die letzten Nächte unruhig geschlafen.

Zur Überbrückung der Zeit vor der Abreise nach Deutschland wollte ich eigentlich noch in die Altstadt Hyderabads, wurde aber durch ein gewaltiges Monsun-Gewitter daran gehindert. Einen solchen Sturm hatte ich noch nicht erlebt, auch in Afrika nicht. Wir saßen in der Sen'schen Veranda und gruselten uns etwas. Unter gewaltigem Wind peitschte der Regen eine dreiviertel Stunde, am Anfang etwa 15 Minuten mit münzengroßen Eishagelstücken durchmischt, sodaß die Bäume einen großen Teil ihrer Blätter verloren und unter den Bougainvillea-Büschen alles rot wurde. Der Himmel orgelte, als ob wir ständig von Düsenflugzeugen überflogen würden. Lalit mutmaßte sogar, es sei mein aus Bangalore kommendes Flugzeug, das über der Stadt kreise — aber das konnte schon aus Zeitgründen nicht stimmen. So gewaltig hatte ich mir den Monsun-Sturm nicht vorgestellt.

Er ging vorbei, und die nach Gewitterstürmen typische kurze Ruhepause trat ein, bis die Menschen wieder anfingen, sich zu regen. Die Sens brachten mich später zum Flugplatz. Wir sahen, daß großer Schaden in der Stadt angerichtet worden war: mindestens 20 gestürzte Bäume an der Straße, viele elektrische Leitungen gefallen, auch quer über die Straße. Eine zwei Meter hohe Mauer an der Straße war in 20 m Breite eingestürzt, überall ergossen sich Sturzbäche. Ich las am nächsten Morgen in Bombay in der Zeitung, daß es in Hyderabad auch 4 Tote gegeben hat.

Am Abend flog ich dann mit einer neuen zweimotorigen Boeing 737 der Indian Airlines von Hyderabad nach New Delhi, wo ich die Lufthansa-Maschine nach Frankfurt besteigen wollte. Der Flug war sehr unruhig, und der Pilot kurvte oft zwischen Gewittern hindurch. Als diese vorbei zu sein schienen und wir nur noch eine halbe Stunde vor Delhi waren, ging es plötzlich los — irgendetwas im Flugzeug stimmte nicht. Was ich bisher nur im Film „Airport" gesehen hatte, passierte bei uns: Die Sauerstoffmasken fielen aus ihrer Verkleidung über den Köpfen heraus, und wir erhielten Anweisung, sie vor das Gesicht zu halten. Es gab Verwirrung, aber alle blieben sitzen — was sollten wir auch machen. Nur das Kindergeschrei schwoll an, denn die Kinder kriegten keine Masken vor das Gesicht. Zuerst hatte ich wohl etwas Angst, aber sie löste sich, ich blieb eher unruhig gespannt. Es wirkte beruhigend, daß die Flugzeugmotoren unverändert sonorig weiter tönten.

Die indischen Stewardessen waren vorbildlich gelassen, sagten aber nichts außer: „Something is wrong with the air pressure." Daran, daß sie mit Kissen zum Cockpit rannten, merkte ich, daß dort etwas nicht stimmte. Ich beobachtete gespannt meine Umgebung. Die Inder alle ergeben atmend, keiner rührte sich, während die vielen Europäer das Geschehen mit mehr Bewegung verfolgten. Jedenfalls flog die Boeing ganz ruhig weiter, sodaß mir klar wurde, daß keine große Gefahr mehr bestand. Wir legten die Masken ab und landeten sehr bald richtig in Delhi. Beim Herausgehen fragte ich die Stewardess noch einmal, was los war, und sie sagte, es sei im Cockpit ein Fenster zertrümmert! Am nächsten Morgen stand in der Zeitung, daß ein Blitz das Flugzeug getroffen habe. Ob das stimmte, bezweifelte ich etwas, denn wir waren bei dem Zwischenfall ja schon aus der unruhigen Zone heraus. Immerhin, noch einmal davon gekommen, ich war dankbar.

Auslands-Familienschmiede und „Thalassa!"
Abschied von Indien, Sommer 1972

Ich sollte wohl auch etwas über meine Familie erzählen, die für mich sehr wichtig ist. Im Herbst 1955 haben Esther Wilms und ich geheiratet. Ich hatte sie durch meine Schwester Brigitte kennengelernt, die beiden studierten an der Göttinger Pädagogischen Hochschule. Ich war damals Assistent an der landw. Fakultät der Universität Göttingen und arbeitete an meiner Habilitation. Zwischen 1956 und 1963 haben wir unseren Nachwuchs in Gestalt von vier Söhnen und einer Tochter bekommen, die beiden jüngsten sind Zwillingsjungen. 1963, ich war damals für die Internationale Arbeitsorganisation, die ILO, in Ägypten tätig, kriegte ich einen Ruf auf den Lehrstuhl für Ausländische Landwirtschaft an der Technischen Universität Berlin. Von 1964 bis 1986 habe ich dort als „Ordentlicher Professor", wie es damals hieß, gearbeitet, und zwar mit viel Elan und Freude. Manche Bekannten fanden es riskant, daß wir 1964 mit der großen Familie nach West-Berlin zogen, war doch der Kalte Krieg in vollem Gange, und es gab viele Ängste, daß die Sowjets versuchen würden, West-Berlin für den Ostblock zu schlucken. Dazu ist es dank der festen Haltung der Westmächte nicht gekommen. Die fünf Kinder haben ihren Haupt-Bildungsschliff auf der Berliner deutsch-amerikanischen John F. Kennedy-Schule bekommen, sie haben damit früh einen Blick für die internationale Welt gewonnen.

Da zu meiner wissenschaftlichen Arbeit Aufenthalte in Entwicklungsländern nötig waren, bin ich — neben vielen Kurzreisen — zu fünf großen Aufenthalten nach Afrika und Asien aufgebrochen:

1961/62 nach Nigeria, mit Frau und damals 3 Kindern
1963/64 nach Ägypten, ohne Familie
1971/72 nach Indien, mit Frau und 5 Kindern
1979/80 nach Sri Lanka, mit Frau und den 3 jüngeren Kindern, und
1989/91 nach Zimbabwe, nach meiner Emeritierung, diesmal nurmehr mit meiner Frau.

Ich denke, von allen Aufenthalten hat jeden einzelnen und die Familie als Ganzes der einjährige in Indien am stärksten geprägt.

Im vorhergehenden Herzschlag habe ich schon meine Vorbereitung auf Indien erwähnt. Unsere Kinder waren 1971 zwischen 7 und 14 Jahre alt. Ich hatte mich für die Stadt Bangalore im Staat Mysore — später Karnataka — als Standort entschieden, weil ich dort gute Arbeitsmöglichkeiten hatte und weil es eine vom Land Baden-Württemberg betreute deutsche Minischule mit 25 Schülern gab, wovon unsere fünf also ein Fünftel stellten. Esther hat

dort auch als Teilzeitlehrkraft gearbeitet. Die Kinder haben auf ihr ordent-
lich gelernt, sodaß sie nach dem Indien-Jahr den Wiederanschluß auf der
Berliner Kennedy-Schule ohne weiteres geschafft haben.

Jeder der Familie hat zum gemeinsamen Indien-Erleben beigetragen
und viel von diesem unvergleichlich interessanten Land und seiner Kultur
mitgenommen. Wir haben neben der Arbeit viele touristische Unternehmungen gemacht, über die ich hier nicht berichten kann. Eines der größten
Erlebnisse war jedenfalls die Rückfahrt nach Deutschland, die wir mit dem
nach Indien mitgebrachten blauen VW-Bus gemacht haben. Daß wir auf
dem Landweg zurückgereist sind, kam so.

Ich hatte eigentlich vor, die Familie am Ende des Aufenthalts mit dem
Flugzeug nach Berlin zurück zu spedieren. Aber das scheiterte an der starren
indischen Bürokratie. Ich hatte unser Auto nach Indien mit runder Zollnum-
mer eingeführt und wollte es am Ende dort verkaufen, um das Geld für die
Rückreise-Tickets zu verwenden. Der Wagen war also in Indien nicht national angemeldet und war dort nicht versteuert, was legal war. Die Steuer und
Einfuhrzoll wollte ich beim Verkauf zahlen, wie das in Europa möglich war.
Hier verlangte nun die Zollbehörde, daß ich das Auto wieder ausführte, sie
war durch nichts zu bewegen, diese Auffassung zu ändern. Nolens volens
beschlossen wir, von Bombay per Schiff bis zum westlichen Zipfel des persischen Golfes, und von dort auf dem Landweg durch die kleinasiatischen
Länder Iran und Türkei, und weiter durch Osteuropa Richtung Deutschland
zu reisen. Unsere deutschen und indischen Freunde in Bangalore unterstützten uns lebhaft bei der Reiseplanung. Besonders hilfreich waren Staches.
Herr Stache war Leiter des „Max Mueller Bhavan" — so heißt das Goethe-
Institut in Indien—, und Frau Stache kannte sich in den Ländern sehr gut
aus.

Die Anfangsreise per Schiff war nötig, weil der Landweg von Indien
nach Pakistan über den Khyberpaß seit dem kurzen indisch-pakistanischen
Krieg von 1971 noch nicht ständig offen war. Wir buchten also für 7 Personen und Bus die „Dwarka", ein Schiff der P&O Line, Baujahr 1920, von Bombay nach Khorramshar im Golf mit dem Reisetermin Anfang August. Die
Dwarka war ein ziemlich kleines Passagier-Fracht-Schiff, sie ist uns später
noch einmal ins Blickfeld geraten, weil sie als Schiffskulisse in dem sehr se-
henswerten Gandhi-Film gedient hat. Die Reise war bei dem schlechten Stra-
ßennetz und den in manchen Ländern nicht gerade sicheren politischen
Verhältnissen ein Wagnis. Auch war unser VW-Bus in Indien nicht so besonders gewartet worden, sodaß wir vor Pannen nicht sicher waren. Aber wir
freuten uns alle auf das große Abenteuer, und es ist schließlich mit Überwin-
dung einiger kleiner Fährnisse auch gut gelungen. Der einzige ernsthafte

Zwischenfall war ein schweres Fieber, das Henning, der Älteste, auf dem Schiff bekam. Es wurde schließlich von einem jungen iranischen Arzt, der in Deutschland studiert hatte — wir trafen ihn in einem kleinen iranischen Städtchen —, mit Antibiotika gekappt.

Während ich in Bangalore noch mit dem Abschluß meiner wissenschaftlichen Arbeit rang, bereitete Esther die Reise generalstabsmäßig vor. Die Kinder wurden, vor allem unter Benutzung des Baedekers, in die Planung der Reiseabschnitte einbezogen. Jeden Morgen nach der Abfahrt mußte der jeweilige Berichter im Bus erzählen, was wir sehen würden. Unmittelbar vor dem Start überkam uns noch eine der für Indien bezeichnenden Unwägbarkeiten. An sich war unsere Schiffsbuchung von Bombay nach Khorramshar gesichert. Zwei Tage vor der festgesetzten Abreise teilte uns das Reisebüro mit, wir, die Familie, könnten reisen, aber der VW-Bus würde erst auf dem nächsten von Bombay abfahrenden Schiff mitgenommen werden. Helle Aufregung — was sollten wir im Iran ohne unser Auto machen? Die Freunde setzten noch alle möglichen Hebel in Bewegung. Aber bis zu unserer Abreise von Bangalore, an der wir festhielten, war nichts gesichert. Erst als wir auf Fahrt schon fast in Bombay waren, kriegten wir die telefonische Bestätigung, daß der Bus bestimmt mit uns reisen würde. Typisch Indien, konnten wir nur sagen.

Wir stachen schließlich am 9. August mit 7 Personen, 1 Auto und 17 Gepäckstücken in See. Außer uns waren in Kabinen des Oberdecks nur noch 8 weitere Passagiere. Aber das Zwischendeck war vollgestopft mit hunderten indischer Männer, die als Gastarbeiter in die reicheren Golfstaaten reisten. Wir konnten von oben durch die Luken ihr kärgliches Leben, Essen, Schlafen beobachten. Das Schiff war für uns ungleich bequemer als für sie. Der einzige große Nachteil war, daß es, außer in den wenigen Gemeinschaftsräumen, nicht mit einer Klimaanlage ausgestattet war. Im Persischen Golf wurde es mit Außentemperaturen von über 40° so heiß, daß der Aufenthalt in den Kabinen bei Nacht unerträglich wurde. Wir erkämpften uns für die Nacht schließlich schmale Schlafplätze in der klimatisierten Lounge.

Es gab interessante Zwischenstationen in Häfen in Pakistan (Karachi) und mehreren Golfstaaten (Muskat, Dubai, Doha, Bahrein, Kuwait), wo Menschen und Waren aus dem unerschöpflichen Bauch der Dwarka ausgeladen wurden. In manchen Häfen machten wir einen Landgang von einigen Stunden und bestaunten die für uns „Inder" ungewohnte Fülle europäischer Konsumgüter in den Läden. Die Kinder gerieten geradezu in Aufregung, was man hier alles kaufen konnte — einfach alles! Am 20. August langten wir dann an unserem iranischen Zielhafen Khorramshar in der Westecke des Golfes an. Wir wurden am folgenden Morgen umständlich von der Hafenmitte aus ausgeschifft, mit Vorsicht vor dem Konflikt, der zwischen den hier aneinander angrenzenden Ländern Irak und Iran schwelte. Wir konnten auch neue Autoreifen kaufen, nach denen wir in Indien vergeblich Ausschau gehalten hatten.

Und dann begann das eigentliche große Abenteuer — die Durchquerung Kleinasiens. Sie ging vom Iran in die Türkei mit dem zu beiden Staaten gehörende Kurdenland, durch Anatolien weiter in Richtung Europa. Wir nahmen uns in beiden Ländern Zeit für die Besichtigung berühmter alter Kunstdenkmäler, frühchristlicher Stätten und interessanter Städte. Esther hat diesen Reiseteil in ihrem schönen Indienbuch ausführlich geschildert.

Da meine Reisekasse sich bedenklich leerte, mußten wir für die Unterkunft auf teure Hotels verzichten. Wir nahmen mit preiswerten, sonst hauptsächlich von Einheimischen genutzten Herbergen und kleinen Hotels vorlieb, bei denen die Hygiene nicht immer im Vordergrund stand. Esther ließ sich in den anvisierten Unterkünften jeweils ein Zimmer zeigen, schlug die Bettdecke zurück, und wenn auf dem Laken Brotkrümel lagen, machte sie kehrt und inspizierte die nächste Herberge. Wir wurden auf der Route oft vor Dieben gewarnt. Also holten wir in jedem Quartier die großen Gepäckstücke vom Dachgepäckträger des Busses und verstauten sie im Haus, um sie am nächsten Morgen mühsam wieder aufzuladen.

Bei vielen kleinen Schwierigkeiten erwies sich die iranische und vor allem die türkische Gastfreundschaft als groß. In Ostanatolien mußten wir aber gelegentlich auf Kinder am Straßenrand achten. Sie warfen gern Steine auf unseren Bus, der auch ein paar Beulen davontrug. Wir interpretierten das mehr als etwas zu derben Kinderspaß als als Fremdenfeindlichkeit. Die Berührung mit dem Volk der Kurden — dort meistens Viehhirten in isolierten Siedlungen — war durch Zurückhaltung ihrerseits gekennzeichnet, am ehesten interessierten die Menschen unsere Kinder. Wir empfanden sie als schlichte, nicht unfreundliche Menschen mit einer ganz fremden Kultur, die sehr bescheiden lebten.

Einmal hatten wir, mitten in Anatolien, eine Autopanne: Der Gaszug riß. Ich hatte sogar ein Ersatzkabel dabei, schaffte aber nicht, es zu montieren. Wir saßen ziemlich einsam auf der kaum befahrenen großen Straße und warteten, wer vorbei kam. Es gelang mir schließlich, per Anhalter nach Diyarbarkir zu gelangen. Ich fand dort eine Werkstatt, die mir einen Mechaniker mitgab. Dieser beendete die Malaise ganz schnell, und die Fahrt ging weiter. Dies war das einzige Auto-Mißgeschick auf der langen Tour.

Geschichtsträchtige Reise: Wir passierten auf der über viele interessante Städte führenden Südwest-Route die kilikische Pforte, die schon die alten Griechen, auch Alexander der Große, ein Jahrtausend später dann die nach

Jerusalem strebenden christlichen Pilgerströme überwanden. Wir hielten
Rast an einer kleinen Brücke am Fluß Göksu, wo im Jahr 1190 der Kaiser Bar-
barossa auf dem Weg ins Heilige Land ertrunken war.

Schließlich kamen wir im Süden aus dem kargen Bergland heraus in
subtropisches Klima. Aus den letzten Bergen des Taurus tauchte vor Silifke
verschwommen das Mittelmeer auf. Ich fühlte mich an meinen 35 Jahre zurückliegenden Griechischunterricht erinnert. Wir hatten auf dem Joachimsthal die Anabasis des Xenophon gelesen. Ein Heer von 10 000 Griechen hatte
um 400 v. Chr. auf der Seite des Perserfürsten Kyros gegen dessen Bruder,
den Herrscher Artaxerxes gekämpft. Sie waren geschlagen worden und zogen nun in mühsamen, gefährlichen Etappen (...entheuten exelaunei...)
heim nach Hellas. Als sie nach Überquerung des Taurus des Meeres — ich
weiß nicht mehr, wo — ansichtig wurden, ließen sie ihre Waffen fallen und
riefen „THALASSA" — das Meer! Jetzt wußten sie, daß sie nach Hause kommen würden. Dieser Ruf THALASSA ist in der Familie, wann und wo wir
vom Festland her das Meer erreichen, Tradition geworden. Wenngleich
nicht so schicksalsentscheidend, bedeutete auch für uns dieser Moment damals, zu Ende August 1972, daß wir die Heimat erreichen würden.

Bei Silifke machten wir eine Ruhepause am Meer und fuhren dann über
viele schöne Orte nach Nordwesten. Nach Überquerung der Dardanellen
waren wir, noch in der Türkei, in Edirne und rasteten auf einem Camping-
platz. Da fing uns Europa wieder ein. Wir hörten in unserem kleinen Koffer-
radio die schreckliche Nachricht von dem Überfall fanatischer Moslems auf
die israelische Olympia-Mannschaft in München, die Wettkämpfe hatten
dort gerade begonnen. Mir dämmerte, daß uns in Deutschland, das uns ein
Jahr lang so fern gelegen hatte, auch eine harte politische Wirklichkeit erwar-
tete.

In wenigen Tagen erreichten wir auf dem großen Balkan-Autoput über
Bulgarien und Jugoslawien Österreich. Dort nahmen wir in Kirchberg unser
neues, vor der Fertigstellung stehendes Ferienhaus in Augenschein. Am 10.
September waren wir wohlbehalten wieder in Berlin. Mehr als das tägliche
Leben in Berlin oder auch die anderen Reisen hatte uns, die Familie, nach
meinem Empfinden dieser erste lange Auslandsaufenthalt und sein glückli-
ches Ende zusammengeschmiedet. Das hat auch manche Jahre überdauert.

Meerengen zwischen den Kontinenten — Erlebnisse auf See
Gibraltar und Suezkanal, Februar 1979

Wir, Esther, die drei jüngeren Kinder Ines, Dietrich und Jürgen, und ich waren auf dem Seeweg nach Sri Lanka, dem früheren Ceylon. Ich hatte dort im März 1979 eine einjährige DAAD-Gastdozentur an der Universität Peradeniya anzutreten, für die ich ein von meiner Universität gewährtes Forschungsfreijahr in Anspruch nahm. Es war nach Nigeria und Indien die dritte große Familienreise in ein Entwicklungsland, die ein Jahr dauern sollte. Wir waren am 18. Februar von Berlin abgefahren, hatten uns in Rotterdam auf einem sowjetrussischen Schiff, der „Leonid Sobinow", eingeschifft und nach Zwischenstop in Southampton Europa verlassen. Die Seereise im Kanal und entlang der französischen Küste war unangenehm. Die See war sehr unruhig, wir wurden in den heftigen kurzen Wellen alle seekrank, die einen mehr, die anderen weniger. Der Atlantik vor der spanischen und portugiesischen Küste war ruhiger. Dann näherten wir uns dem Mittelmeer. Es wurde frühlingshaftes Wetter, die Sonne kam auf. Das Schiff lief gemächlich Richtung Süden und Südosten.

Im Atlantik hatten wir fast nichts zu sehen bekommen, aber jetzt wurde es spannend. Rechts, an Backbord tauchte zuerst schemenhaft, dann immer deutlicher die nordafrikanische Küste mit Tanger und Ceuta auf, links, an Steuerbord die spanische Küste und etwas später der gewaltige graue Gibraltar-Felsen. Ich war überrascht, wie breit die Meerenge war.

In beiden Richtungen fuhren einige große und viele kleine Schiffe. Tümmlerfische sprangen vor und neben unserem Schiff. Der Himmel wurde blaßblau. Nach dem regenverhangenen, unfreundlichen und einsamen Atlantik war hier nun ein ganz anderes, mediterran lässiges Leben, von der Sonne begünstigt. Wir ließen das karge Europa hinter uns und strebten einer anderen Welt zu. Die Sinne weiteten sich. Das Schiff zog ruhig auf Ostkurs. Auf dem Deck tauchten die ersten Sonnenbader auf. Das Leben wurde mit einem Mal entspannt, und wir schüttelten endlich die Strapazen der Abreise ab.

26 Jahre zuvor, im Frühjahr 1953, hatte ich die sagenhafte Meerenge schon einmal von West nach Ost durchfahren. Ich kam damals auf dem großen amerikanischen Passagierschiff „Independence" aus den USA zurück, ich war dort mit einigen Kollegen auf einer Studienreise gewesen, vor allem im Mittleren Osten des Landes. Das war damals meine erste große Seereise, ich war stolz, sie machen zu können. Nach einer Woche Atlantik war ich dann froh, wieder Land zu sehen. In meiner Rückerinnerung war die Meer-

enge viel schmaler, als sie mir jetzt, 1979, erschien. Unser Schiff, die „Leonid Sobinow", war, verglichen mit der „Independence" von 1953, ein bescheidener Dampfer, aber das Überschaubare hatte auch seinen Reiz.

Den dritten Besuch habe ich Gibraltar, diesmal von der Landseite, im Sommer 1998 abgestattet. Ich machte mit Esther Ferien im spanischen Andalusien, und ein Tagesausflug hat uns auf den Felsen geführt. Dies war ein schöner, aber diesiger Tag, und Afrika war nur schemenhaft zu sehen. Das Auge überbrückte mit Mühe die zwei Erdteile. Mir war der Abstand zwischen den zwei Welten: der europäischen Hochkultur, wie sie sich im alten, traditionsreichen Spanien besonders deutlich darstellt, und dem so wenig entwickelten Nordafrika plastisch vor Augen.

Die Seereise von 1979 ging mit kurzen Anlandungen in Messina, Athen und Port Said (vor dem Suezkanal, mit Tagesbesuch in Kairo) weiter. Dann hatten wir die nächste Enge zwischen zwei Kontinenten vor uns, den Suezkanal, der das Mittelmeer mit dem Roten Meer und dem Pazifik verbindet. Die Fahrt durch den ganz engen Kanal war schön — so friedlich zu gleiten, rechts von uns der schmale altägyptische Grünstreifen mit Feldern und Häusern, links graubraune Wüste. Die Reaktionen der vielen ägyptischen, am Kanal stationierten Soldaten auf das Hammer-und-Sichel-Emblem am Schornstein unseres sowjetischen Schiffes waren nicht ganz eindeutig, oft wohl eher unfreundlich. Es wurde heiß, nachdem wir den großen Bittersee erreicht hatten. Dort mußten wir vier Stunden ankern, um den von Suez kommenden Konvoi nach Norden vorbei zu lassen. Ich zog zum ersten Mal Shorts an.

Die „Alte Welt" Europas lag nun hinter uns. Der Abschied von ihr, war er auch nicht für lange Zeit, war für mich ein Einschnitt, ein eindeutigerer jedenfalls, als wenn ich, wie sonst auf meinen Reisen, geflogen wäre. Ohne Zwischenlandung fuhren wir neun Tage bei ruhiger See und strahlendem Himmel auf Sri Lanka und unseren Zielhafen Colombo zu. Die Seereise war unbeschwert. Sinnbild der Fahrt waren die vielen Delphine, die das Schiff mit eleganten Sprüngen begleiteten. Die Reise wäre für mich noch unbeschwerter gewesen, hätte ich mich nicht auf meine Vorlesungen in Peradeniya vorbereiten müssen. Ich arbeitete in dem einzigen ruhigen Raum auf dem Schiff, der Schiffsbibliothek daran, hatte aber auch Zeit, mich mit meinen vier Leuten an den vielen gesellschaftlichen Veranstaltungen an Bord zu ergötzen. Als wir am 13. März 1979 in Colombo ankamen, hatten wir große Lust, uns in die neue Welt zu stürzen.

Die 68er Rebellion und die überforderte Universität
Berlin, um 1970

In den späten 60er und beginnenden 70er Jahren ging Unruhe durch die Bundesrepublik oder, genauer gesagt, durch ihre politischen und intellektuellen Eliten. Die Berliner Initialzündung war 1967 die Erschießung des Studenten Benno Ohnesorg durch einen Polizisten während einer Massendemonstration gegen den Berlin-Besuch des iranischen Schah. Es kam zu Unruhen unter Studenten, zunächst besonders getragen von marxistischen und anarchistischen Gruppierungen in Berlin und Frankfurt, aber dann hier wie an vielen anderen Universitätsorten erweitert auf andere Gruppen — heute als „Achtundsechziger" in aller Munde. Sie versuchten massiv, Einfluß auf die sog. „bürgerliche" Universität und darüber hinaus auf die gesamtgesellschaftliche Entwicklung zu gewinnen.

Sie stießen mit Forderungen einer Demokratisierung der Universität und darüber hinaus einer Systemveränderung in die weiche Flanke der Universität. Diese war auf Konsens unter den Akademikern angelegt — freilich mit einer dominierenden Rolle der Ordinarien. Sie kannte kaum Möglichkeiten der Lösung von Konflikten zwischen den gesellschaftlichen Gruppen in der Universität und war ziemlich hilflos in der Abwehr der jetzt geübten „Gewalt gegen Sachen" wie „gegen Personen". Gebäudebesetzungen und Vorlesungsstörungen oder das Kujonieren mißliebiger Professoren waren im Nachkriegsdeutschland ein neues Phänomen. Die Universität hatte weder eine eigene Polizei (wie in den USA) noch institutionelle Möglichkeiten der Disziplinierung. Das äußerste Mittel des Verweises von der Hochschule wurde nicht angewendet, und für die meisten Universitäten verbot es sich, unter Aufgabe des Hausrechts des Rektors die Polizei in die Universität zu lassen. Diese blieb deswegen vor deren Türen stehen.

Ich hatte mein „Aha-Erlebnis", das erste Erlebnis studentischer Gewalt, als im Radio die Nachricht kam, das 1 km von unserer Wohnung entfernte FU-Institut für politische Wissenschaft, das Otto Suhr-Institut, sei besetzt worden. Ich fuhr mit dem Fahrrad zum OSI. Das große Gebäude, mit Plakaten an den Fenstern und geschmierten Aufrufen machte einen leeren Eindruck. Es war umzingelt von einer Kette von Polizisten, die den Zutritt weiterer Personen verhinderten. So sah es also aus, wenn es nicht beim Reden blieb! Der Lehr- und Forschungsbetrieb fiel dort aus. Erst nach Wochen und langen Verhandlungen kam er wieder in Gang. Solche Ereignisse haben gewaltig zur Verunsicherung des akademischen Betriebes beigetragen, mögen sie auch nur kleine Teile der Universitäten direkt betroffen haben.

Ich war froh, daß an meinem Institut und in meiner Fakultät so etwas nicht vorkam — die Verhältnisse waren dort ganz andere. Meine Frau und ich luden damals einmal im Jahr die Teilnehmer unseres Seminars für landwirtschaftliche Entwicklung zum Essen und Kennenlernen in unsere Wohnung ein. Wir waren in der Hauptkonfliktzeit gespannt, wie sie sich verhalten würden. Sie kamen alle. Einige gaben sich dann etwas weniger höflich als sonst üblich, und etliche setzten sich demonstrativ auf den Fußboden statt auf die vorhandenen Stühle. Aber sonst verlief alles wie sonst — man kam sich näher.

Der Konflikt wurde vorwiegend über Demonstrationen, gezielte interne Studentenstreiks und vor allem mit Reden und Diskussionen vorangetrieben. Bei den letzteren waren die Professoren mit ihren um Rationalität bemühten Argumenten meistens glatt unterlegen. Sie waren zu wenig geschult für politische Diskussionen. Darin war ihnen die Gegenseite, die kleine Elite linksradikal gesonnener Studenten und auch nicht an der Universität immatrikulierter Linker mit ihrer Erfahrung in politischer Agitation weit voraus.

Ich habe erregende geistige Auseinandersetzungen miterlebt. In Massenveranstaltungen spielten sie sich vor allem im Auditorium Maximum der Freien Universität oder auch in dem der Technischen Universität ab. Die Studentenbewegung bot ihre besten Leute zur Vertretung ihrer Vorstellungen auf, oft nicht nur Berliner, sondern z. B. auch solche aus der „Frankfurter Schule" um Horkheimer und Adorno oder anderen Zentren. Es waren oft sprachlich und politisch gut geschulte junge Leute, dabei allerdings auch nicht selten Scharlatane, die neben politischem Elan und quasi-philosophischer, trivialmarxistischer Rhetorik wenig Essentielles zu bieten hatten. Ich war oft nicht in der Lage, hinter den so aufgemotzten Reden tragfähige Konzepte zu erkennen. Aber ich denke, daß die Mehrzahl der zuhörenden Studenten mir hier nichts voraus hatte, nur daß sie eben von vornherein begeisterungsfähiger für hochwissenschaftlich vorgetragene Thesen waren.

In einer der Veranstaltungen, sie fand im Audimax der FU statt, trat als Redner aus der Hochschullehrschaft Theodor W. Adorno aus Frankfurt auf. Er war einer der Hauptvertreter der „kritischen Theorie" und gehörte zu den großen Anregern der Studentenbewegung. Adorno trug tiefschürfende Thesen vor, die allerdings dank des gesprochenen „Fach-Chinesisch" bestimmt nicht für jeden verständlich waren. Wie oft bei diesen studentischen Veranstaltungen mischten sich in den Reaktionen der Zuhörer bitterer Ernst und Spaß miteinander. Das dabei zu Tage tretende spielerische Element hat mich immer fasziniert. Als Gag kam eine Studentin nach vorn ans Pult und setzte Adorno, der ja den Spitznamen „Teddy" trug, einen Luftballon in Form eines Bären auf den Kopf. Das Publikum reagierte überwiegend amüsiert, Adorno selbst war unwillig, ließ sich aber in seinem Gedankenfluß nicht stören.

Wer waren die Träger der Bewegung? Von den Professoren haben sich nur wenige aktiv beteiligt. Eine Anzahl (meistens jüngere) sah den Prozeß positiv, ohne sich zu engagieren. Unter den Assistenten waren es schon mehr, aber im Ganzen war das auch nur eine Minderheit. Bei den Studenten gab es große Unterschiede schon nach den Studienfächern. Vornan standen überall Politologen und Soziologen. In der TU taten sich in der ersten Periode merkwürdigerweise die Architekturstudenten mit radikalen Vorstellungen hervor. Von sich reden machte auch die „ROZ Mathe", die Rote Zelle der Mathematikstudenten. Aus den technischen Fächern waren viel weniger aktiv als aus den geisteswissenschaftlichen Fächern. Von unseren Landwirtschafts- und Gartenbau-Studenten stieß kaum jemand zum radikalen Flügel.

Und die Masse der übrigen Studenten? Ich habe im März 1969 in meinem Tagebuch notiert: „Der Druck der radikalen Studenten hat erschreckend zugenommen... Das beunruhigendste Phänomen ist für mich weniger die Aktivität der Radikalen, sondern die Abstinenz der großen Studentenmehrheit, die die Störung des Lehrbetriebs hinnimmt, obgleich ihr Interesse sich im Grunde auf ungestörte Ausbildung richtet. Äußert sich darin die latente Unzufriedenheit mit dem Universitätsbetrieb, oder wird das zeitweise Ausfallen von Vorlesungen nicht als wesentlicher Verlust angesehen?" Kurzum, es ist mir schmerzlich aufgefallen, daß es nicht zu nennenswerten Gegenaktionen der Nicht-Radikalen gekommen ist.

Es gab nun in der Folge viele Ansätze zu einer Änderung der verfahrenen Situation. Die Politiker, aufgeschreckt und verunsichert durch die Unruhen, bemühten sich um Reformen. Mitbestimmung wurde großgeschrieben. Eine Fülle von neuen „Gremien" mit Vertretern der Studenten, der wissenschaftlichen Mitarbeiter und des nicht-wissenschaftlichen Personals) neben den Professoren wurde ins Leben gerufen. Sie waren z. T. nützlich, auch in der Dämpfung politischer Spannungen. Eines ihrer Hauptprobleme war aber, daß viele der Gewählten zuerst lange Lernprozesse in dieser Tätigkeit durchmachen mußten, sodaß die Arbeit großen Aufwand an Zeit erforderte. Die Gremien waren deswegen zumindest unter den Professoren unbeliebt.

Die Politiker hielten es für eine wichtige Aufgabe, von der „Ordinarienuniversität" wegzukommen, d.h. den dominanten Einfluß der Professoren zu reduzieren. Einen Weg sahen sie darin, neue Kategorien von Hochschullehrern ins Leben zu rufen und die Professorenzahl (auch auf Kosten der Assistentenzahl) zu vergrößern. Ein kühner Handstreich in Berlin war, durch Gesetz alle wissenschaftlichen Assistenten, die ihr Amt mindestens vier Jahre innehatten, und alle Oberassistenten zu Professoren zu machen. Die Fachbereiche hatten Einspruchsmöglichkeiten gegen die Ernennung einzelner, aber den Entscheidungsträgern wurde bedeutet, daß dies nicht erwünscht sei — und die Professoren beugten sich. In manchen Fällen ist die Verjüngung der Hochschullehrerschaft den Fächern gut bekommen. Aber es gab auch genug Beispiele dafür, daß der Verzicht auf die übliche Auslese der Universität eher geschadet hat. Aus der Beobachtung in meiner Umgebung habe ich geschlossen, daß vielleicht nicht in der Lehre, aber wohl in der Forschung diese Professorenkategorie die gestellten Erwartungen oft nicht erfüllt hat. Das hat dann der Universität für lange Zeit geschadet, da die neuen Professoren auch Beamte auf Lebenszeit wurden.

Bis zur Mitte der 70er Jahre hat sich der Universitätsbetrieb wieder normalisiert. Die Radikalen gaben ihre Versuche auf, über Demoralisierung und Verunsicherung von Professoren und Leitungsorganen der Universität einen grundlegenden gesellschaftlichen Wandel in der Universität herbeizuführen. Es blieben einige wichtige institutionelle Veränderungen. Der vorherrschende Einfluß der Professoren ist — in einem letztlich angemessenen Maße — reduziert worden, wobei die Lehre am wenigsten angetastet wurde. Die organisatorischen Veränderungen: statt Fakultäten kleinere Fachbereiche, Veränderungen in den Institutsstrukturen, die vielen neuen Gremien haben sich zum Teil bewährt, zum Teil sind sie als unzweckmäßig wieder rückgängig gemacht worden. Die Universität ist sicher „demokratischer" geworden, wenngleich aus meiner Sicht dieses Erfordernis nicht zu den dringendsten Reformproblemen der Universität gehört.

Was mich persönlich betrifft: Die Periode ist mir in tiefer Erinnerung geblieben. Ich habe die Vorgänge mehr als Beobachter denn als Mithandelnder erlebt — letztere gab es schon genug. Ich habe viel über das moderne politische Geschäft, über Möglichkeiten und Grenzen der Hochschulpolitik und auch über den angemessenen Umgang mit einer neuen Generation von Studenten gelernt. Auf meine wissenschaftliche Arbeit haben sich die unruhigen Jahre eindeutig in verringerter Produktivität ausgewirkt: die Zahl meiner wissenschaftlichen Veröffentlichungen ist in diesen Jahren geschrumpft. Wie viele meiner Kollegen war ich damals zu Lasten der Arbeit in meinem eigenen Fach zusehr von den universitätspolitischen Ereignissen in Anspruch genommen. Inzwischen ist dies alles Vergangenheit, wenn auch eine, die (noch) nicht vergeht.

Hauptaufgabe Forschungsarbeit
Berlin, von den 60ern bis zu den 80ern

Die Öffentlichkeit hat ein unklares Bild von dem, was der Universitätsprofessor tut. Am ehesten denkt man an seine Lehraufgabe: Er unterrichtet Studenten in Vorlesungen, Seminaren, Kolloquien und Übungen. Dabei unterstützen ihn seine Assistenten. Für jedes Fach im Studiengang sind eine oder mehrere spezialisierte Lehrkräfte verantwortlich. Vor allem in den ersten Jahren nach seiner Berufung muß der Professor sehr viel von seiner Arbeitskapazität für die Vorbereitung des Lehrstoffes aufwenden. Im übrigen: Je schneller der wissenschaftliche Fortschritt ist, desto mehr Zeit benötigt er für gute Vorlesungen.

Die zweite Hauptaufgabe ist die Forschung. Entweder im Grundlagenbereich oder in der angewandten Forschung soll sie neue Erkenntnisse und Zusammenhänge erarbeiten und damit zum wissenschaftlichen Fortschritt beitragen. Während der Umfang der Lehre durch vorgegebene „Lehrdeputate" (Stunden pro Woche) bestimmt ist, liegen der Umfang und auch der Inhalt der Forschung weitgehend in der Entscheidung des einzelnen Professors. Dieser bestimmt selbst, mit welcher Intensität er forschen will. Was er leistet, läßt sich an der Zahl und Qualität seiner Veröffentlichungen von Büchern und Aufsätzen in Zeitschriften ablesen, und diese werden dann von der Fachwelt kritisch begutachtet. In der Wissenschaft der USA gilt die rigorose Maxime: Publish or perish, d. h. wenn du nicht veröffentlichst, wirst du auf der Strecke bleiben. Die Normen in Deutschland sind nicht so rigoros. Wer hier in der Forschung wenig leistet, geht deswegen, vor allem à conto seiner Position als öffentlich Bediensteter, noch lange nicht unter. Aber er wird keine Karriere machen und zu interessanten Gemeinschaftsaufgaben und öffentlichen Aufträgen kaum herangezogen werden.

Bevor ich zum Thema Forschung zurückkehre, noch einige Worte zu der dritten wichtigen Aufgabe des Hochschullehrers: der Beteiligung an der Selbstverwaltung. Neben Lehre und Forschung ist diese auch ein ehernes Prinzip der Universität. Der Professor ist gehalten, wenn er gewählt wird, Ämter wie das des Institutsdirektors oder des Dekans der Fakultät zu übernehmen. Während meiner Zugehörigkeit zur Technischen Universität Berlin von 1964 bis 1986 war ich — mit Ausnahme von zwei im Ausland verbrachten Forschungsfreijahren — ständig Institutsdirektor und einmal für zwei Jahre Dekan der Fakultät. Das waren verantwortungsreiche und, abgesehen von der reinen Verwaltungsarbeit, interessante Tätigkeiten. Aber ich habe auch viel — zuviel — Zeit in „Gremien" verbracht, d.h. in Ausschüssen mit

beratender Funktion, die besonders im Reformeifer nach den Studentenun-
ruhen am Ende der 60er Jahre in den deutschen Universitäten aus dem Boden schossen. Ich habe im vorhergehenden Herzschlag schon über sie
geschrieben.

Die zweite wichtige Aufgabe ist also die Forschung. Sie war und ist in
meinem Fach, der Sozialökonomie der Agrarentwicklung in Entwicklungsländern, besonders wichtig. Denn in Deutschland waren bis in die sechziger
Jahre die Kenntnisse über Landwirtschaft, ländliche Verhältnisse und ökonomische Bedingungen in Asien, Afrika und Lateinamerika sehr dürftig.
Engländer und Franzosen waren uns durch ihre Erfahrungen in der langen
Kolonialzeit weit voraus.

Die Gründung meines Berliner Instituts für Ausländische Landwirtschaft drei Jahre, bevor ich es übernahm, war einer der ersten Schritte von
deutscher Seite in diesem neuen Fachgebiet. Das Institut war notwendigerweise forschungsintensiv. Wie in anderen neugegründeten Schwesterinsti-
tuten in Deutschland, Frankreich, England und den USA versuchten wir,
durch empirische Forschung handfestes Material zu den agrarischen Struk-
turen in Entwicklungsländern und den jüngst eingetretenen Wandlungen
zusammenzutragen. Die Ergebnisse sollten die bestehenden Wissenslücken
abbauen und auch in der damals beginnenden Entwicklungshilfe Verwer-
tung finden. Ich habe zunächst hauptsächlich Forschungsarbeiten in Afrika,
später auch in Asien initiiert.

Selbst vor Ort geforscht habe ich vor allem während meiner For-
schungsfreijahre. Meine Hauptaufgaben in Berlin lagen mehr in der Planung
und Überwachung der Untersuchungen von Mitarbeitern. Die Sammlung
der benötigten Daten in den Ländern und die folgende Auswertung in Berlin
führten Assistenten und vor allem junge Doktoranden durch, die sich mit
der Arbeit den Doktortitel erwarben. Die Feldarbeit wurde zunächst im Institut in langwieriger Prozedur inhaltlich vorbereitet. Die Kosten für solch
ein Vorhaben — man denke allein an den Aufwand für Reise und Aufenthalt
— konnte kein Student selbst tragen. Da der Institutsetat hierfür auch kaum
Mittel hatte, mußte ich Forschungsgelder herbei schaffen. Fast alle Doktor-
arbeiten waren „drittmittelfinanziert". Ich habe als Geldgeber dabei am häu-
figsten die Deutsche Forschungsgemeinschaft in Anspruch genommen. Um
Bewilligungschancen zu haben, mußte der Antrag sehr sorgfältig ausgear-
beitet werden. Dann dauerte es mindestens drei Monate, bis er von Gutachtern geprüft und vom Geldgeber genehmigt wurde. Danach konnte der
Mitarbeiter ausreisen.

Da in der Regel im jeweiligen Land wenige schriftliche Unterlagen verfügbar waren, mußten die Forscher in ihrem Untersuchungsgebiet zur Da-

tensammlung Bauern und Verwaltungsleute befragen. Sie bedienten sich dazu einheimischer Assistenten, die aus der lokalen Sprache ins Englische oder Französische (Deutsch kam nirgends in Frage) übersetzten. Ich habe die Mitarbeiter im Untersuchungsland grundsätzlich an ein dortiges Forschungsinstitut angegliedert, damit sie nicht zu isoliert waren. Das machte oft sehr umständliche Vorverhandlungen erforderlich. Dabei bekamen wir einen lebhaften Eindruck von der dortigen Bürokratie, die meistens viel starrer als bei uns war. Manchmal mußte ich sogar eine Genehmigung der Regierung zur Durchführung eines kleinen Forschungsvorhabens einholen.

Ich habe alle jungen Mitarbeiter während ihrer Feldforschung einmal besucht, um den Gang ihrer Arbeit zu überprüfen und gegebenenfalls Widerstände aus dem Weg zu räumen. Das war manchmal wegen unbefriedigender Fortschritte in der Arbeit sehr nötig, aber in den meisten Fällen brauchte ich nicht einzugreifen. Ich schildere im Folgenden einen eher negativen Fall, der aber wegen der sonstigen Umstände für mich sehr interessant war.

1968 war ein Doktorand X in das afrikanische Land Zambia ausgereist, um dort einige wichtige ländliche Entwicklungsprobleme zu untersuchen. Ich besuchte ihn später, in der durch seine bisherige Berichterstattung genährten Erwartung, daß er schon ziemlich weit in seiner Arbeit sei. Es stellte sich nun aber heraus, daß X sich keineswegs ausschließlich mit seinem Forschungsauftrag beschäftigte. Es gab im Büro des Präsidenten von Zambia, Kaunda, ein deutsches Beraterteam, und an dieses hatte sich X angeschlossen, war doch ein landwirtschaftlicher Fachmann dort sehr willkommen.

So weit, so gut. Weniger gut war, daß X' Doktorarbeit unter dieser Ablenkung sehr litt, er hatte auch kein großes Interesse daran. Das blieb mir bei der Durchsicht der Arbeitsergebnisse natürlich nicht verborgen. Ich hatte sogar den Verdacht, daß manche Daten nicht auf echten Befragungsergebnissen beruhten. Natürlich war ich ziemlich alarmiert. X hatte wohl kommen sehen, daß die Sache kritisch werden könne und hatte eine Ablenkungsstrategie entwickelt, nämlich mein Interesse an anderen Problemen wachzurufen. Durch seine Zugehörigkeit zum Präsidialbüro konnte er leicht ein schönes Besuchsprogramm für mich organisieren, z. T. sogar unter Benutzung eines Kleinflugzeuges aus der präsidialen Flugbereitschaft. Es war hübsch, etwas vom Land Zambia kennenzulernen, aber schließlich war das nicht der Hauptzweck meiner Dienstreise.

Ich wurde auch zum Landwirtschaftsminister und schließlich sogar zum Staatspräsidenten Kaunda geschleust. Dieser empfing mich zu einem einstündigen Gespräch. Das deutsche Team war zunächst dabei, es entschwand dann aber, und Präsident Kaunda befragte mich nach meinen Eindrücken vom Land und seinen agrarischen Entwicklungsmöglichkeiten. Mir war bei dem Gespräch ziemlich unwohl — was konnte selbst ein deutscher Professor nach einem Aufenthalt von einer Woche im Land schon Grundlegendes aussagen? Es blieb bei ziemlich vagen Aussagen, die Kaunda aber zum Teil notierte.

An das Gespräch schloß sich ein „working lunch", auch im State House, an. Dabei waren außer dem Präsidenten und dem deutschen Team auch der zambische Erziehungsminister und der Vorsitzende des University Council. Der letztere wurde von Kaunda zu Anfang aufgefordert, ein Tischgebet zu sprechen. Es gab ein gutes, leichtes Essen. Ich dachte, der Präsident wollte das Fachgespräch fortsetzen, aber dem war nicht so. Es drehte sich um eher banale Fragen, zu denen ich nicht viel beitragen konnte, und zwischendurch wurden die Radionachrichten abgehört. Nach dem Essen folgte ein Stehkaffee auf der Terrasse, bei der der Präsident selbst mir liebenswürdig Milch eingoß.

Ich habe später in meinem Tagebuch über Kaunda notiert: „Beeindrukkend die schlichte, freundliche Zuwendung, fern jeder Herrscherpose, und das gespannte Zuhören bei meinen Äußerungen. Er wirkt sehr menschlich. Ob er ein großer Staatsmann ist, bleibt mir offen." Dazu ergänze ich heute, daß er jedenfalls zu den bedeutenden afrikanischen Präsidenten der ersten Stunde gehört hat und über Jahrzehnte sein Land besser als manche anderen Staatsmänner regiert hat. Daß er schließlich in internen Machtkämpfen um 1990 unterlegen ist und sogar ins Exil gehen mußte, bedauere ich.

Aber zurück zu meiner Forschungsprozedur. Ich mußte dem Doktoranden X einige rigorose Forderungen zu seiner Arbeit stellen, die er innerhalb der nächsten Monate erfüllen sollte. Das hat er nicht geleistet, und so mußte ich mich von ihm trennen. Er verblieb immerhin im deutschen Team in Lusaka.

Zum generellen Verlauf der Doktorandenforschung: Der Forscher kam in der Regel nach einem oder anderthalb Jahren nach Berlin zurück, reich an Erfahrungen aus einer den meisten Deutschen unbekannt bleibenden Welt, in allen unseren Fällen glücklicherweise gesund geblieben im tropischen Klima, geschult im Umgang mit einfachen Menschen aus einer völlig anderen Kultur, mit einem Blick für die Entwicklungspotenziale der fremden Region, sicherer in der Beherrschung der Weltsprache als bei der Ausreise. Fast alle Doktoranden waren interessiert, nach der Promotion wieder in einem Entwicklungsland zu arbeiten. Erst folgte aber noch die Schreibtischarbeit der Datenauswertung und die Niederschrift der Arbeit, die nach dem erlebnisreichen Tropenjahr vielen schwer fiel. Ich besprach in dieser Phase mit jedem Doktoranden mehrfach die Fortschritte in seiner Arbeit. Ein- oder zweimal mußte er dann noch im Doktorandenkolloquium vor allen Mitarbeitern Ergebnisse und Thesen der Arbeit darlegen. Dabei wurde er oft gerade von seinen Kollegen kräftig gezaust. Nachdem ich die Endfassung gelesen und mein Placet gegeben hatte, reichte er sie schließlich der Fakultät ein.

Der zeitliche Aufwand für eine solche Doktorarbeit war groß: im Durchschnitt 1/2 Jahr Vorbereitung im Institut, 1 bis 1 1/2 Jahre Feldforschung draußen, weitere 1 bis 1 1/2 Jahre Auswertung und Niederschrift der Doktorarbeit im Institut. In den meisten Fällen benötigte der Doktorand also 3 Jahre bis zur fertigen Promotion, manchmal auch noch mehr.

Ein Beispiel noch zu der Frage, was wir inhaltlich erforschen wollten. Vom Anfang der modernen Entwicklung an waren alle Entwicklungsländer bemüht, durch den Aufbau von Industrien von der reinen Agrarstruktur wegzukommen. In dem afrikanischen Land Uganda wurde in den 60er Jahren ein Industriekomplex im Raum Jinja geschaffen. Wir wollten nun ermitteln, welchen Einfluß der Prozeß der Urbanisierung und Industrialisierung auf die Weiterentwicklung der ländlichen Umgebung hat. Finanziert von der Thyssen-Stiftung haben am Ende der 60er Jahre drei Doktoranden wichtige Teilaspekte dieser Frage untersucht: E. G. den Einfluß auf die ländlichen Gesellschaftsstrukturen, B. Sch. die landwirtschaftlichen Märkte und H. B. die Veränderungen der landw. Betriebssysteme. Die Arbeiten lagen zu Anfang der 70er Jahre vor und wurden in einem Sammelband veröffentlicht.

Ich habe insgesamt 21 Doktoranden durchgebracht, die ich dann als meine „Schüler" im engeren Sinne betrachtete, während ich ihr „Doktorvater" war. In einigen wenigen Fällen mußte die Doktorarbeit aufgegeben werden, weil der Doktorand den gestellten Anforderungen nicht gewachsen war, so auch im oben erwähnten Fall X. Das war dann ziemlich schmerzlich. Aber in der Regel ging das Verfahren zum guten Ende. Zunächst mußten zwei Gutachter die meist mehr als 200 Seiten umfassende Arbeit lesen. Wenn sie positiv bewertet wurde, stand am Schluß die mündliche Doktorprüfung.

Diese war natürlich für den Doktoranden aufregend, aber sie forderte auch vom Doktorvater einiges. Zwar wußte der Kandidat schon, daß die Arbeit angenommen war, aber er wollte natürlich ein möglichst gutes Endurteil erreichen. Er trug dem Promotionsausschuß, bestehend aus dem Vorsitzenden und den Gutachtern, die Ergebnisse der Arbeit vor, und es folgte eine Aussprache. Der Doktorvater war daran interessiert, bei aller gebotenen Objektivität seinen so lange betreuten Kandidaten gut zu präsentieren, also zu zeigen, daß er ein wichtiges Ergebnis er zielt hatte, und daß er das geforderte wissenschaftliche Niveau besaß. Weiterhin mußte der Doktorvater mit den angesprochenen Themen belegen, daß er selbst auf der Höhe des Wissens war und daß er auch in Bereichen, mit denen sich der

Doktorand länger als er selbst beschäftigt hatte, mit diesem mithalten konnte. Schließlich mußte er die Mitglieder des Prüfungsausschusses, die nie so ganz genau wissen, was die Kollegen lehren und forschen, davon überzeugen, daß am Institut niveauvoll am wissenschaftlichen Fortschritt gearbeitet wird. Er stand also selbst auch unter beträchtlicher Spannung.

Sowohl aus der Sicht des Prüflings wie auch aus der der Prüfers verlief die Prüfung nicht immer ganz nach Wunsch, aber schließlich ging der Akt gut zuende. Wenn alle Prüfer ihre Neugier befriedigt sahen, beriet der Ausschuß das Endergebnis. In etwa viertel- bis halbstündiger Verhandlung wurde Einverständnis über die Noten erzielt. Bei meinen Doktoranden lautete es in der Gesamtzensur überwiegend auf Gut oder Sehr Gut. Daß einer durchfiel, kam bei mir wie auch sonst nicht vor.

Draußen hatten sich inzwischen die übrigen Institutsangehörigen einschließlich der Sekretärinnen, die mit ihrer Schreibarbeit ja einen ganz beachtlichen Anteil am Endprodukt hatten, sowie Freunde des Kandidaten, versammelt. Der Vorsitzende verkündete das Ergebnis, das heftig beklatscht wurde. Ein anderer Doktorand, meist der, der als nächster zur Prüfung anstand, setzte nach einer kleinen Rede dem frischgebackenen Doktor einen im Institut gebastelten Doktorhut (aus Pappe) auf, und es begann ein feuchtfröhlicher Umtrunk, für den die Frau oder Freundin Getränke und Eßbares bereit gestellt hatte. Die ebenfalls erleichterten Prüfer blieben zumindest am Anfang der kleinen Fete dabei.

Dieser sich im Jahr wiederholende Akt war der Höhepunkt des akademischen Lebens im Institut. Er machte letztlich Freude, weil er in der Regel eine niveauvolle Veranstaltung war — nebenbei eine der wenigen Gelegenheiten, in der sich das Institut mit seinen Arbeitsergebnissen öffentlich präsentierte. Für mich selbst war diese Arbeit mit befähigten jungen Leuten, die zu einem guten Resultat führte und zum wissenschaftlichen Fortschritt beitrug, das Beste, was die Universitätsarbeit bietet.

Ende der Berliner Vorlesungstätigkeit — und kein Herzschlag
Berlin, Sommersemester 1986

Im Sommer 1986 — mit 65 Jahren — habe ich mein Emeritierungsalter erreicht. Ich hätte als Professor „alten Rechtes" noch drei Jahre weiter unterrichten können, habe davon aber keinen Gebrauch gemacht, da ich lieber noch einmal ins Ausland gehen wollte. Also letzte Vorlesung Agrarpolitik im altvertrauten Hörsaal des Tierzucht-Instituts in der Dahlemer Lentzeallee. Ich hatte ca. 20 Hörer, meist Landwirte, die an der Technischen Universität studierten, daneben einige Soziologen, Volkswirte und Geographen, die von der nahen Freien Universität kamen.

Das zuletzt behandelte Thema erinnere ich nicht mehr. Ich habe mir auch jeglichen auffälligeren Schlußakt versagt, wußte ich doch selbst nicht, ob ich nicht doch noch etwas weitermachen müßte, „mich selbst vertreten", wie das so schön heißt, wenn der scheidende Prof noch keinen Nachfolger hat und noch einmal einspringt. Die Studenten wußten also auch nicht, ob ich zum letzten Mal vor ihnen stand. Am Ende das übliche freundliche Klopfen der Hörer, vielleicht etwas länger als sonst. Ich packte meine Papiere zusammen — und das war es, ohne besonderen Herzschlag.

Ein bißchen seltsam war mir schon zumute. Seit meiner Habilitation in Göttingen im Jahr im Jahr 1959 hatte ich — unterbrochen durch einige Forschungsaufenthalte in Entwicklungsländern — 25 Jahre Vorlesungen und Seminare gehalten. Ich habe dabei viel Fachwissen durchgearbeitet, neue Konzepte entworfen und versucht, eine angemessene Dosis davon an meine Studenten weiterzugeben und ihnen zu helfen, selbständig und kritisch damit zu arbeiten.

Ich kann nicht behaupten, ein begeisterter und begeisternder Dozent gewesen zu sein. Die Vorbereitung der Vorlesungen hat mir ziemlich viel Mühe gemacht. Sie befaßten sich ja weitgehend mit einem für Deutschland neuen Thema, der Agrarentwicklungspolitik, bezogen auf Entwicklungsländer. Es gab keine deutschen und nur wenige englischsprachige Lehrbücher dazu. Ich mußte mir also das meiste selbst zusammensuchen. Darin lag übrigens — abgesehen vom Zeitaufwand — der große Reiz: Ich mußte selbst Konzepte entwickeln. Ich war befriedigt, wenn die Vorlesung „stand", d.h. ich mir ein neues Gebiet einigermaßen sicher erarbeitet hatte, sodaß ich dieses in den folgenden Jahren nur ausbauen mußte. Wie der ganze Fachbereich hatte auch ich nicht viele Hörer: je nach Thema 15 bis 25. Diese hatten allerdings an meinem Fach ein spezielles Interesse und arbeiteten aktiv mit. Später wurde mein Fach Pflichtfach, und damit erhöhte sich die Hörerzahl. Am meisten Freude hatte ich an den Seminaren, weil die Studenten hier mitarbeiten konnten und der Austausch zwischen Dozent und Studenten lebhafter war.

Zu meiner regulären Lehrtätigkeit kam noch der Unterricht an dem Seminar für landwirtschaftliche Entwicklung, das meinem Institut angegliedert war und dessen Weiterentwicklung mir sehr am Herzen gelegen hat. Wir bildeten hier in einem einjährigen postgradualen Kurs Fachkräfte für die Agrar-Entwicklungshilfe aus. Diese Arbeit machte mir mehr Spaß als die gewöhnliche Lehrtätigkeit, da sie sich auf höherem intellektuellem Niveau bewegte und viele Teilnehmer einschlägige Erfahrungen hatten. Die Arbeit im Seminar war die positivste Herausforderung in meiner Lehrtätigkeit, und ich denke sehr gern an sie zurück.

Jedenfalls damals, nach meiner letzten regulären Vorlesung im Juli 1986, war ich wohl in angespannter Stimmung wegen des erreichten Einschnittes in meinem Leben. Aber ich war auch erleichtert, daß diese ständige Belastung vorbei war. Etwas später kamen einige Studentenvertreter zu uns nach Hause und brachten als Abschiedsgeschenk eine große Yukka-Palme, die uns bis 1997 in unserem Garten in der Lepsiusstraße erfreut hat. Dann wurde sie zu groß, und Esther hat einen Ableger von ihr eingepflanzt. Stachlig, aber kraftvoll... Das unspektakuläre Ende entsprach eigentlich meinen Vorstellungen. Mir hatte vom Beginn meiner Berufslaufbahn an das Motto des preußischen Generalstabschefs Schlieffen „Mehr sein als scheinen" als Devise vorgeschwebt. Ich bin mir nicht sicher, daß ich es gut verwirklicht habe — darüber könnte ich selbst lange spekulieren —, aber eine Leitschnur ist es mir oft gewesen.

Meine Lehrtätigkeit war noch nicht vorbei. Ich bin 1989 noch einmal nach Afrika gegangen und habe an der Universität von Harare in Zimbabwe zwei Jahre Agrarentwicklungspolitik und landwirtschaftliche Beratung unterrichtet. Das war noch einmal eine spannende Herausforderung, nicht zuletzt deshalb, weil ich mich wieder einmal auf Studenten mit einem ganz anderen kulturellen Hintergrund und einer für mich neuen sozialen und wirtschaftlichen Situation einzustellen hatte. Ich wüßte gern, wieviel von dem, was ich gelehrt habe, in den Köpfen der überwiegend schwarzen Studenten geblieben ist. Vom Detailwissen vielleicht nicht allzu viel; aber lieb wäre es mir, wenn ich ihnen über das rein Fachliche hinaus etwas vom wissenschaftlichen Denken und von Grundsätzen der Problemlösung vermittelt hätte — Bereichen, in denen die Afrikaner besondere Defizite hatten.

Wanderlust über die Jahrzehnte

Berliner Radfahrten in den 60 er Jahren

In meinem Beruf habe ich den größten Teil des Arbeitstages am Schreibtisch verbracht. Da ich im Institut wohnte, habe ich meist auch nach dem Abendbrot noch etliche Stunden dort gesessen. Dieses Quasi-Festgezurrtsein am Arbeitsplatz hat mir nicht nur Vergnügen, sondern zeitweise auch körperliche Beschwerden, nämlich Rückenschmerzen eingebracht. Während des Indienjahres 1971/72 hatte ich Yoga-Übungen aufgenommen, und damit wurde der Rücken besser. Aber wichtig blieb auch der sonstige körperliche Ausgleich. Viel Spaß hat mir die (fast) tägliche Tennisstunde vor dem Arbeitsbeginn im nahen Dahlemer Tennisclub gemacht. Ich spielte dort hauptsächlich mit dem Fachbereichskollegen Limberg und — bis zu seinem plötzlichen Tod — mit dem Journalisten Otto, der Chefredakteur der Berliner Morgenpost war. All das hat mich leidlich fit gehalten.

Solange die Kinder noch nicht flügge waren, kam eine andere Unternehmung dazu: Ich machte häufig mit der Familie am Sonnabend Nachmittag eine Radpartie in den Grunewald. Dieser war knapp 10 Fahrradminuten von unserem Dahlemer Haus entfernt und erstreckte sich viele Kilometer weit bis zur Havel. Kleine Ausflüge gingen zum Grunewaldsee und Schlachtensee, längere an die Havel, die streckenweise die Grenze zur DDR war. Der Kiefern- und Laubwald ist von vielen Fahrrad- und Fußgängerpfaden durchzogen, und gerade am Wochenende sind diese von Radlern und Spaziergängern ziemlich belebt. Viele Leute führen ihre Hunde aus, wir begutachteten die letzteren fachmännisch auf Rasse und Schönheit.

Eine Zeitlang war eine große Sandgrube, aus der auch abgebaut wurde, ein beliebtes Ziel. Die Kinder konnten dort ungefährdet dem Sport nachgehen, den jede Kindergeneration liebt: Ballspiel in der Grube und am Steilhang herunter in den Sand zu springen. Oder wir übten Bumerang-Werfen, ich hatte einen echten aus dem Ursprungsland des Bumerangs, Australien, mitgebracht. Sehr beliebt war eine Zeitlang auch, nach Düppel zu fahren und dort, wo mehr Wind ging, selbst gebastelte Drachen steigen zu lassen. Die Initiative zu solchen Unternehmungen — „au jaah" als Ermutigung zögernder Eltern — ging meistens von den Kindern aus. Sie dauerten nicht lange, wir kamen erfrischt und angeregt zurück.

Höhenwanderungen in den Alpen

Eine andere Sache waren die Wanderungen im österreichischen Tirol von unserem Kirchberger Domizil aus. Wir haben dieses Haus, wie erwähnt, zu Anfang der 70er Jahre gebaut, also in der Zeit des Kalten Krieges, als West-Berlin nicht so sicher war; viele Berliner hielten damals Ausschau nach einem Schlupfloch im Westen oder Süden. Tirol lockte auch wegen der guten Ski-, Wander-, und Bademöglichkeiten. Im Sommer und Herbst bieten die Kitzbüheler Grasalpen mit ihren vielen Wanderwegen herrliche Möglichkeiten für kürzere und längere Unternehmungen. Auf viele der höheren Berge kann man, wenn man das Aufsteigen von ganz unten scheut, mit Lifts gelangen. Diese werden im Winter von großen Scharen von Skiläufern, im Sommer von kleineren Wandergruppen in Anspruch genommen.

Wir haben in den Kirchberger Sommer- und Herbstferien oft Tageswanderungen mit der ganzen Familie gemacht. Der Wanderweg wurde am Vorabend festgelegt. Frühmorgens verstauten wir Proviant, Wasserflaschen, Wanderstöcke, Sonnenöl, Hüte und schließlich die Wanderkarte in Rucksäcken, und los ging es im Auto zum Startpunkt. Der lange Aufstieg fing an, wir folgten den Wegmarkierungen. Die Familie, oft ergänzt durch Hausgäste, wanderte in auseinander gezogener Reihe gemächlich bergan. Je höher wir kamen, je steiler der Weg, desto langsamer ging es voran. Ab und zu blieben wir stehen, um die immer schöner werdende Aussicht zu genießen und zu verschnaufen. Diese Pausen durften nicht zu lang werden, man kam sonst zu schwer wieder in Gang. Allenfalls ein oder zwei Mal legten wir eine längere Rast ein, wir verzehrten die Stullen und Äpfel und schauten uns um.

Der Aufstieg belastete, zumindest bei den Älteren, das Herz erheblich, wir kamen in der dünner werdenden Luft ins Schnaufen, die Oberschenkel wurden schwer. Am Weg gab es viel zu sehen, zwar kein Großwild, also keine Gemsen, Hirsche oder Rehe, aber eine reiche Vogel- und Blumenwelt. Adler haben wir fast nie erlebt, aber viele kleinere Raubvögel: Weihen, Bussarde und Falken, die über uns ruderten, sich im Aufwind hochschraubten oder elegant vor dem pfeifenden Wind segelten, und viele kleine Vögel. Die Vegetation am Wegrand war Esthers Spezialität. Sie machte die Wanderer besonders auf seltene Alpenblumen aufmerksam. Wenn niemand wußte, um welche Pflanze es sich handelte, wurde das mitgeführte botanische Bestimmungsbüchlein zur Identifizierung herangezogen.

Kurzum, es gab immer etwas zu erleben, der Aufstieg war beschwerlich, wurde aber nie langweilig. Wir waren froh, wenn wir schließlich den Gipfel oder Höhenkamm erreicht hatten. Wir hatten den Wandertag meist so ausgewählt, daß wir klare Sicht erwarten konnten. Wenn wir oben waren, wurden wir auch belohnt. Nach der einen Seite der Wilde Kaiser mit seinen schroffen Konturen, neben ihm die sanfteren Grasalpen, im Südwesten das Karwendelgebirge, zu dessen Füßen — unsichtbar von dort oben — Innsbruck liegt, und im Südosten die gewaltigen Hohen Tauern, vom Großvenediger bis zum 3 800 m hohen Großglockner und anderen Bergriesen — alle Bergspitzen weiß strahlend im ewigen Schnee. Ein Anblick, wahrhaftig zum Innehalten und Verstummen. Dann mit Kindern und Erwachsenen das immer wieder neue Spiel: Welcher Berg ist das dort?

Aber wenn wir oben saßen, war es auch schön, ins Tal zu schauen. Zeit zum Durchatmen und Stille auch dort, unterbrochen hier und da von einer Baumsäge, von Vogelschreien, dem Geknatter eines Kleinflugzeuges oder dem fernen Brummen eines in 10 000 m Höhe fliegenden großen Verkehrsflugzeugs auf der West-Ost-Achse. Daß dort unten fleißige Bauern und Handwerker zugange waren, daß Autos und Trecker fuhren, war nicht zu vernehmen und kaum zu sehen. Wo war das wirkliche Leben, und war es so friedlich, wie es uns aus unserer Höhe erschien?

Wir machten uns wieder auf den Heimweg. Das Bergabsteigen erforderte zwar nicht soviel Energie, aber es war trotzdem beschwerlich. Man mußte mehr auf den Weg vor den Füßen achten, um nicht zu stolpern, und das Bergabgehen strengte auch die Beinmuskeln an. Wir waren froh, wenn wir das letzte Wegstück in der Ebene wieder mit dem Auto zurücklegen konnten. In der folgenden Nacht haben wir gut geschlafen, und am nächsten Tag hatte jeder Muskelkater in den Beinen.

Auf dem Pilgerwanderweg in Sri Lanka

Ein kultisches Bergerlebnis hatte die Familie — Esther, Ines, Dietrich, Jürgen, ich — im Januar 1980. Wir waren, wie in einem früheren Herzschlag erwähnt, für ein Jahr auf der asiatischen Insel Sri Lanka, ich unterrichtete an der Universität in Peradeniya. Wir nutzten in der freien Zeit jede sich bietende Gelegenheit, das schöne Land mit seiner alten, vom Buddhismus geprägten Kultur und vielen touristischen Attraktionen kennenzulernen. Ein besonderes Erlebnis war die Besteigung des Adams Peak im Januar 1980, also zu einer trockenen Jahreszeit, in der klare Sicht herrschte. Dieser Berg ist mit 2 245 m Höhe der dritthöchste des Landes, er hat die Form eines Zuckerhutes. Viele Pilger, hauptsächlich Buddhisten, wandern in dieser Jahreszeit während der Nacht hinauf, um gegen 5 Uhr den Sonnenaufgang erleben zu können.

Wir fuhren mit unserem VW-Bus zu einer hochgelegenen Teeplantage, wo man uns für eine kurze Nacht gastliche Aufnahme gewährte und uns für den Weg zum eigentlichen Aufstieg sogar zwei Führer mit Fackeln mitgab. Wir machten uns kurz nach Mitternacht auf den Weg und stiegen fast fünf Stunden auf. Es gab eine in den Felsen gehauene Steintreppe mit sehr hohen Stufen, auf der wir gingen. Sie war voll von Pilgern, Alten, Jungen, Kindern, die einem ihrer bedeutendsten religiösen Erlebnisse zustrebten. Wir reihten uns zwischen sie ein.

Ich war noch nie in einem Pilgerzug gewesen. Die geduldige Hingabe, mit der die Menschen in nicht endendem Zug nach oben zogen, war eindrucksvoll. Langsam und stetig ging es voran, niemand gab auf. Wir konzentrierten uns auf das Vorankommen in dem langen Heerwurm, niemand sprach viel. Als wir uns schließlich dem Gipfel näherten, hörten wir eine Glocke in unregelmäßigen Abständen läuten. Jeder Pilger schlug so viele Male an, wie er schon oben gewesen war, und das waren viele. Die Glocke bimmelte also die ganze Zeit.

Wir kamen auf dem Gipfel an, die nicht sehr große Plattform war schon fast voll. Wir konnten aber die berühmte, verehrungswürdige Mulde im Felsen, 160 cm lang und 75 cm breit, beschauen, in der sich die Mythen konkretisierten: Es ist nach uralter Vorstellung der Fußabdruck eines der Großen der Religionen: der Urvater Adam für Juden, Christen oder Moslems, der Prophet Mohammed für Moslems, Lord Buddha für die Buddhisten, die Göttin Shiva für Hindus, schließlich der Apostel Thomas für die südasiatischen Christen. Jedenfalls eine heilige Stätte. Die Menschen staunten, und viele beteten.

Wir waren froh, einen Platz in der mittlerweile dicht gedrängten Menge gefunden zu haben, die auf den Sonnenaufgang wartete. Wir mußten wohl noch eine halbe Stunde ausharren, es war empfindlich kühl. Dann war der große Augenblick da, die Sonne tauchte langsam, dann immer gewaltiger aus der dunstigen Kimme im Osten empor, freudig begrüßt von der Menge. Nach dem Ausschauen nach Osten drängelte dann alles zur Westseite, um den zweiten Teil des Naturwunders zu sehen: Der Kegel unseres Berges zeichnete sich dunkelgrau, riesig, als Silhouette gegen den helleren Nebel ab, es war ein schemenhaftes Wunder. Die Menge war bewegt und begleitete das Schauspiel mit viele Aahs und Oohs, bis es sich alsbald mit der steigenden Sonne verflüchtigte. Auch wir waren mitgerissen vom Geschehen, das gewiß etwas ganz Besonderes war.

Wir blieben noch etwas auf dem Gipfel und genossen den immer klarer werdenden Rundblick auf Bergspitzen und allmählich heller werdende Täler. Dann der langsame Abstieg in einer dünner gewordenen Menschenschlange. Er war wegen der hohen Stufen auf unserer Treppe nicht weniger beschwerlich als der Aufstieg, ging aber doch wesentlich schneller. Wir fanden den Weg zurück zu unserem Estate und zogen befriedigt und müde davon.

Zwischen Alt und Neu
Kirchberg, Herbst 1998 und Herbst 1977

In der zweiten Augusthälfte 1998 waren Esther und ich in unserem Haus in Tirol. Der Strom der Sommergäste in Tirol, ohnehin seit einigen Jahren schwächer geworden, flaute ab. Das ländliche Leben floß gemächlicher, die Tiroler Gastfreundlichkeit, die in der Hochsaison angestrengt wirkt oder sogar hinter Bärbeißigkeit verschwindet, kam mit Herzlichkeit wieder zum Vorschein. Wir hatten Zeit, in der Umgebung Umschau zu halten. Einen Tag fuhren wir in die nahe Wildschönau, ein liebliches, großes Seitental abseits unseres Brixentales. Wir fanden an einem Bach am Eingang des Ortes Wildschönau ein kleines Bergbauern-Museum. Der Besuch war lohnender als erwartet.

In einer der in Tirol früher nicht seltenen Notzeiten waren Tiroler nach Amerika ausgewandert, merkwürdigerweise eine Gruppe von Wildschönauern auch nach Brasilien. Ihre Verbindungen zur Heimat waren nicht abgerissen. Von den Kontakten zeugen ausgestellte Photos und vergilbte Zeitungsausschnitte.

Aber was mich mehr interessierte, war die Darstellung des Dorflebens der jüngeren Vergangenheit. Wie in vielen Volkskunde-Museen ist auch in Wildschönau das dörfliche Brauchtum dargestellt: von der Kleidung und dem Schmuck von Frauen und Kindern bis zur Einrichtung der bäuerlichen Wohnräume und Küchen, wie sie noch in den sechziger und siebziger Jahren aussahen. Daneben dann viele landwirtschaftliche, hauswirtschaftliche und Handwerksgeräte. Diese sprachen mich besonders an, hatte ich doch viele von ihnen in Kindheit und Jugend noch in Benutzung gesehen, andere, aus der Bergbauernwelt, ab den siebziger Jahren in Tirol kennengelernt.

Es war faszinierend, vor Augen zu haben, wie sehr sich diese bäuerliche Welt in den vergangenen paar Jahrzehnten verändert hat, besonders im Bereich der Landtechnik. Wie gesagt, ich kannte sie ja meist noch, die einfachen, oft aus Schmiedeeisen und Holz hergestellten Geräte, mit denen geackert und geerntet oder transportiert wurde, oft in körperlicher Schwerarbeit, hier und da von Pferden und Elektrizität unterstützt. Viele Geräte waren von der selbstgenügsamen, bescheiden lebenden bäuerlichen Bevölkerung selbst hergestellt worden. Ab den fünfziger Jahren, d.h. später als in der Landwirtschaft des Flachlandes, hatte die Technik auch in der Bergbauern-Landwirtschaft vermehrt Einzug gehalten. Sie hat die Arbeit leichter gemacht und dank der wachsenden Produktivität auch die Armutsschwelle, die für viele bäuerliche Familien da war, hinausgeschoben oder durchbrochen.

Unbestreitbare Fortschritte. Und doch, beim Durchwandern der Räume befiel mich auch etwas Trauer angesichts dessen, was einmal wertvoll war, aber jetzt zum alten Eisen gehört. Wieviel Erfindungsgeist, handwerkliches Geschick, fleißige Handarbeit steckt in den Geräten, fast alles heute nicht mehr benötigt und vieles mangels handwerklichen Könnens unwiederbringlich verloren. Die Gegenstände waren für mich nicht nur museal, sondern ein Stück auf der noch erlebten, gerade zurückgelegten Strecke, von der sich die moderne Wirtschaft, die auf schnellem technischem Fortschritt basiert, mit rasendem Tempo entfernt. „Alte Zeiten, linde Trauer, und es schweifen leise Schauer wetterleuchtend durch die Brust", so der Vers aus Eichendorfs schönem Abend-Gedicht, der mir in den Sinn kam.

Bewahren und Festhalten am Vergangenen ist immer noch mehr die Sache der Alten als der Jungen. Aber von der Skepsis der Alten gegenüber allzuvielem Neuen gibt es auch Ausnahmen. Maili, meine Mutter, war eigentlich ein konservativer Mensch. Aber sie bewahrte sich ihr langes Leben hindurch und gerade auch im Alter ein gutes Stück Neugier gegenüber ihrer Umgebung und deren Veränderung, großenteils wohl gespeist von dem Bedürfnis, am Leben der Enkelgeneration teilzunehmen. Nachfahrin verschiedener bedeutender Wissenschaftler und Geistesgrößen des 19. Jhdt., war sie ein auffallend geistig geprägter Mensch. Sie hatte sich die zum Denken erforderliche Elastizität bis zuletzt bewahrt.

Kurz bevor sie 80 Jahre alt wurde, im Sommer 1977, besuchte sie uns wieder einmal in Kirchberg. Wir machten mit dem Auto einen Ausflug zum Paß Thurn zwischen Tirol und Pinzgau und bestiegen bei herrlichem Wetter den Sessellift zur Rester Höhe. Die alte Dame hatte noch nie in einem Sessellift gesessen, zögerte aber keinen Augenblick vor dem Wagnis, vielleicht weil sie mich im Doppelsitz neben sich wußte.

Auf der langen, gemächlichen Bergfahrt kamen wir ins Gespräch darüber, welche technischen Entwicklungen sie schon erlebt hatte. Sie war drei Jahre vor der Jahrhundertwende zur Welt gekommen. Damals hatte in Europa und gerade auch in Deutschland die moderne Technik begonnen, sich kraftvoll durchzusetzen. Zu Anfang der siebziger Jahre, also gerade 25 Jahre vor ihrer Geburt, hatte Siemens den Elektromotor entwickelt, der uns hier schließlich erlaubte, bequem in die Höhe zu schweben. Und das Auto, unser jetzt wichtigstes Transportmittel, hatte seinen Siegeszug gerade zehn Jahre, bevor sie geboren wurde, angetreten. Sie war also Jugend-Zeitzeuge von zwei der bedeutendsten technischen Erfindungen, die heute unser Dasein bestimmen. Den neuerlichen Gipfelpunkt des technischen Fortschritts, die erste Mondlandung der Amerikaner Armstrong und Aldrin am 21. Juli 1969, hatte Maili übrigens mit uns zusammen am Radio und Fernseher in Jungholz erlebt, wo wir damals in Ferien waren. In einem Menschenalter von Pferd und Wagen zur elektronisch gesteuerten Hochtechnologie!

In luftigere Höhen gelangend, tauschten wir uns also aus — wie sich die Technik in immer rasanterem Tempo fortentwickelt und wo der Mensch da mitzieht. Sie nahm den Fortschritt eher mit Vergnügen als mit Skepsis hin und freute sich offensichtlich über die Verbesserungen, an denen sie teilhaben konnte. Der Technikpessimismus, der Bestandteil der heute gängigen Kulturkritik ist, berührte sie nicht sehr. Wir schwebten auf die Rester Höhe ein. Sie kam gut aus dem Liftsessel heraus und atmete in der Hochgebirgsluft mit Blick auf das herrliche Alpenpanorama bis hin zum Großglockner kräftig durch.

Himmelsbilder

Regenbogen — Du stehst mitten drin
Kindheit in Zimmerhausen

Vielleicht 10 oder 12 Jahre alt, stand ich mit meinen Geschwistern an der Rampe unseres Hauses, wir beobachteten das abziehende Frühsommer-Gewitter mit seinen letzten Regentropfen. Da stieg, rechts vor uns an der großen Kastanie, 10 m entfernt, ein Regenbogen vor uns auf, oder wölbte er sich aus dem Himmel nach unten? Er war breit, vielleicht 1 oder 2 m, wir konnten nur den untersten Teil sehen. Ich lief aufgeregt hinein, und je näher ich der Stelle kam, wo er anfing, desto weniger sah ich von ihm. „Wo ist er?" habe ich gerufen. „Du stehst ja mitten drin" lachte mein Bruder Günther. Ich war verwirrt, weil ich nichts mehr von ihm merkte. Drin und keine Farben? Ich konnte mir die Erscheinung und besonders ihr Entschwinden damals nicht erklären, und ich gestehe, daß es mir selbst heute schwer fällt, das Entstehen dieses Bildes der Harmonie und Schönheit zu begreifen — naturwissenschaftliche Erklärung hin und her. Ich war dem Wunder nah!

Der Bogen der Hoffnung über weitem Land
Kerala, Indien, September 1979

Ich habe mich seitdem an vielen Regenbogen erfreut und tue das heute noch. Besonders in den Tropen mit ihrem häufigen Regen ist nach starken Güssen oft Gelegenheit, sie zu bewundern, bevor die Sonne wieder das Übergewicht gewinnt. In besonderer Erinnerung geblieben ist mir eine Landschaft bei Madurai im indischen Bundesstaat Kerala. Ich war im September 1979 von Sri Lanka mit der Familie in unserem VW-Bus nach Indien übergesetzt, um die alten Stätten, an denen wir 8 Jahre zuvor gewesen waren, wieder zu besuchen. Wir fuhren durch das flache, weite Land, neben der Straße grüne Felder mit Reis und Hülsenfrüchten, hier und da Hütten und Gruppen von Sträuchern und Palmen. Über dem melancholisch wirkenden Land hingen tiefe Wolken in allen Schattierungen von hellem Grau bis fast zum Schwarzen.

Rechts von uns entdeckten wir plötzlich, daß sich ein herrlicher, lichtstarker Regenbogen aufbaute, er reichte fast über den ganzen Horizont. Wir hielten an und sprangen heraus. Er war so gut zu sehen, weil er dunkle Wolken hinter sich hatte und weil er nur flach gewölbt war. Ich hatte den Eindruck, daß es heller im Land wurde. Da war er wieder, der große Bogen: Besiegelung des Friedensbundes zwischen Gott und den Menschen, wie er uns in Genesis 9 des Alten Testamentes verheißen worden ist, Symbol der Hoffnung für unzählige Menschen, Schönheit und Harmonie ausstrahlend. Wir standen und staunten. Er war besonders schön, und er hatte auch die Aura des Geheimnisvollen — woher — wohin — und nicht bleibend. Er verschwand nicht gleich, aber er veränderte seine Farben zum Blassen, bis er sich dann nach einiger Zeit auflöste. Wir stiegen wieder in den Wagen und fuhren weiter, zuerst noch schweigsam, weil jeder dem Gesehenen nachdachte.

Afrikanisches Wolkenbild
Zimbabwe, März 1993

Ich war in der zweiten Phase meiner Farmer-Befragung in Zimbabwe. Neben der Lehrtätigkeit, die ich nach meiner Emeritierung noch von 1989 bis 1991 an der Universität in Harare wahrgenommen hatte, hatte ich ein Forschungsvorhaben in Angriff genommen. Es ging um die Large Commercial Farmers, die Inhaber von landwirtschaftlichen Großbetrieben. Sie haben für die Wirtschaft des Landes große Bedeutung, sind aber gegenwärtig infolge der verheerenden Landreform-Politik der Regierung Mugabe aufs höchste gefährdet. 1993 hatte ich Gelegenheit, die Studie fortzuführen. Ich befragte dieselben Landwirte, die ich zwei Jahre zuvor interviewt hatte, nach den inzwischen eingetretenen Veränderungen und nach ihrer Einstellung zu der drohenden Agrarreform. Begleitet von Esther war ich wochenlang unterwegs, meist bei Farmern übernachtend, die sich über die Abwechslung in ihrem abgelegenen, manchmal etwas eintönigen Leben freuten.

Wir kamen einen Spätnachmittag von Glendale zurück. Ich war am Ende der Datensammlung, und da alles gut geklappt hatte, waren wir in Hochstimmung. Vor uns eine Talmulde, durch die sich der gelbe, sandige Landweg hindurch schlängelte. Links und rechts grünbraunes Grasland. Darüber erstreckte sich der tiefblaue afrikanische Himmel. In ihm schwammen die schönsten Wolken, die man sich denken kann: hochgetürmte, fast trotzig wirkende Gebilde, weiß, nur an den Unterseiten grau, in Phantasieformen, majestätisch langsam dahinziehend. Das Ganze war so eindrucksvoll, weil der Himmel unendlich weit war, wie es das nur in Afrika gibt, und weil eine große Ruhe von der Landschaft ausging. „Alle die Schönheit Him-

mels und der Erden ist gefaßt in dir allein...", wie es in dem alten Gesang-
buchlied heißt, hier war sie. Wer auch immer länger in Afrika gewesen ist,
hat Ähnliches in Erinnerung, und wohl jedem bleibt eine Sehnsucht gerade
nach diesem Erleben.

In der pommerschen Heimat

Zimmerhausen 1976 und später

Wie schon geschildert, hat die sowjetische Armee am Ende des zweiten Weltkrieges im März 1945, Pommern und damit meine Heimat erobert. Es kam, über Jahre verteilt, zur Flucht und Vertreibung aller Deutschen — eine der größten „ethnischen Säuberungen" der Weltgeschichte, wie solch ein Ereignis heute genannt wird. 12 Millionen Deutsche mußten Ostpreußen, Pommern und Schlesien verlassen und eine neue Zuflucht in der Bundesrepublik oder der DDR suchen. Die Einwohner unseres Heimatdorfes Zimmerhausen fanden ihre neue Bleibe zum größeren Teil in der Ostzone, der DDR, andere, so vor allem die aus der Kriegsgefangenschaft Heimkehrenden, auch in den westlichen Zonen, der späteren Bundesrepublik. Von dem, was „zuhause" vorging, haben wir viele Jahre nur wenig gehört. Erst in den 60er und zunehmend in den 70er Jahren fingen dann Unternehmungslustige an, nach Pommern zu reisen und zu erkunden, was sich in der alten Heimat tat.

Aus unserer Familie war die erste Mutige meine Mutter. Im Alter von 77 Jahren fuhr sie zusammen mit unseren Rottnower Blanckenburg-Verwandten im Sommer 1975 nach Pommern und Zimmerhausen. Sie hat einen Bericht, nüchtern und bewegend, über das Gesehene und Erlebte geschrieben. Nachdem die alte Dame das Eis gebrochen hatte, sind ein Jahr später meine Schwester Armgard Sautier und ich mit unseren ganzen Familien, 15 Mann hoch, in mehreren Autos nach Pommern gereist, und bald danach auch die anderen Teilfamilien. Wir haben, immer mit mehreren Jahren Zwischenraum, dann weitere Besuche folgen lassen. Dabei ist eine Reihe von Reiseberichten entstanden, die Ähnliches zum Ausdruck brachten.

Am größten war bei uns Älteren die Freude, die heimatliche Landschaft wiederzuerkennen und zu erleben. Ich habe 1976 geschrieben, und ganz Ähnliches findet sich in Esthers und Armgards Bericht: „Als tiefste Erinnerung die wunderschöne, flachgewellte pommersche Landschaft, die wir auch in einer besonders malerischen Jahreszeit erlebten: gelbe Getreidefelder und grüne Wiesen, die offene Landschaft mit blaugrünen Wäldern, darüber der Himmel mit großen Kumuluswolken. Vor vielen Erntewagen Warmblutpferde, deren Anblick mich begeisterte, zahlreiche Störche in den Wiesen. Vergleicht man mit unserer durchrationalisierten und dichtbesiedelten westdeutschen Landschaft, versteht man wieder viel besser, was wir im Westen für den Wohlstand bezahlt haben und was ein ungestörtes Ökosystem sein kann." Diese Naturerfahrung war das schönste Erlebnis. Armgard hat es ganz ähnlich empfunden: „Die Luft, die Wolken, der weite Blick über die Felder und am Horizont die Wege — das alles war unverändert und erfüllte mich mit einer Mischung aus Glück und Heimweh."

Freilich, nachdem wir uns genauer umgesehen hatten, entdeckten wir auch genug Bedenkliches. Unser Wald, von dem ich schon einmal kurz berichtet hatte, war in weiten Stellen ungepflegt und zur Wildnis verkommen. Er war in Feuchtbereichen versumpft, die Wege zugewachsen. Auch viele Wiesen waren versauert, und nicht selten sah man brachliegendes, nur mit Unkraut bewachsenes Ackerland. Schlimm war der Anblick des früher so ordentlichen Zimmerhäuser Gutshofes. Er war voll von vor sich hinrostenden, ausrangierten Landmaschinen, meist riesige Dinger, Idole der sowjetisch geprägten Großbetriebslandwirtschaft der Nachkriegszeit, die für den Einsatz in der unebenen und buschreichen Zimmerhäuser EndmoränenLandschaft wenig geeignet waren.

Vielfach schlimme Eindrücke weckte der bauliche Zustand der Dörfer und Häuser. Die Bauernhöfe waren nach der Vertreibung der Deutschen von Bauernfamilien übernommen worden, die meistens aus Ostpolen gekommen waren. Die Gebäude sahen überwiegend unansehnlich und grau aus, schienen aber in der Bausubstanz nicht allzu sehr geschädigt zu sein. Die früheren schönen Blumengärten vor den Häusern waren meistens verschwunden, und das gab den Dorfstraßen ein tristes Aussehen. Am schlimmsten war, von wenigen Ausnahmen abgesehen, der Zustand der Gutshäuser, und so auch der unseres Zimmerhäuser Hauses.

Als wir 1976 zum ersten Mal dort waren, schien dieses dem Verfall anheim gegeben zu sein, wenn auch in den beiden das Haupthaus einrahmenden Flügeln noch einige Familien wohnten. Wer das 150 Jahre alte Gutshaus in seiner schlichten Würde aus der Zeit vor 1945 in Erinnerung hatte, mußte angesichts des Verfalls entsetzt sein. In den auf unseren ersten Besuch folgenden Jahren sind mit finanzieller Hilfe des polnischen Denkmalschutzes Teile des Hauses — das Dach und eine Haushälfte — renoviert worden. Da die öffentlichen Mittel dann gestrichen worden sind, ist es zur Instandsetzung des früheren Wohntraktes, der für mich mit unendlichen Kindheitserinnerungen erfüllt ist, nicht mehr gekommen. Die wechselnden Gutsverwalter und die neuen Pächter hatten vermutlich auch andere Sorgen als die Instandsetzung, und so geht wohl der Verfall weiter.

Der Niedergang schließt auch den schönen Garten hinter dem Hause ein. Man merkte, daß an ihm niemand interessiert ist. Es ist verwunderlich, daß hier wie auch sonstwo in den Dörfern von einem ästhetischen Empfinden für schöne Gärten nichts zu spüren ist. Selbst die große Blutbuche, ein zentrales Schmuckstück in der Mitte des großen Rasens, Gegenstand starker

Kindheitserinnerungen — was waren wir darin bei unseren Spielen herum-
geklettert —, sah kümmerlich aus. Ich tastete in ihrem Stamm nach den Ker-
ben von Buchstaben, die wir als Kinder 40 Jahre zuvor mit dem
Taschenmesser hineingeschnitten hatten, und tatsächlich, ich konnte noch
einige entdecken. Von der großen und seinerzeit wirtschaftlich sehr ertrag-
reichen Gutsgärtnerei war kaum noch etwas zu sehen. Neu war aber eine offenbar florierende Imkerei mit vielen Bienenstöcken am „dunklen Gang",
einer kleinen Buchenallee. Wir kauften etwas Honig und nahmen ihn als
Gruß aus der Heimat nach Hause mit.

Die Gutslandwirtschaft hinterließ bei mir einen gemischten Eindruck.
Die Felder waren meist abgeerntet, sodaß ich mir keinen zuverlässigen Eindruck von der Produktivität verschaffen konnte. Aber es sah so aus, als ob
die Feldwirtschaft einigermaßen funktionierte. Ausgesprochen schlecht war
der Zustand der Wiesen und Weiden. Sie waren verkrautet und trugen nur
dürftiges Gras. Um den Wald kümmerte sich offenbar niemand, er wurde
nicht als Teil des Gutes bewirtschaftet. Es fehlte oft, jedenfalls in dem was-
serreichen „Buttlin", an Drainage. Dort herrschte überhaupt Wildnis.

Die Menschen begegneten uns mit Zurückhaltung, manche auch mit
Neugier — vor allem die vielen uns begleitenden Kinder. Aber fast nie haben
wir Ablehnung gespürt, selbst wenn sie herausbekamen, daß wir zur Familie der früheren Herren gehörten. Sie waren oft auch ganz herzlich zu uns.
Viele von ihnen teilten ja auch das Schicksal mit uns: Ein großer Teil der in
Pommern lebenden Polen kam aus dem früheren Ostpolen. Sie waren nach
dem Kriege von den Russen vertrieben und in den neuen Westen Polens um-
gesiedelt worden. Wir merkten, daß die Polen ein im Grunde freundliches
Volk sind. Wenn einige mutmaßten, wir wollten zurückkommen, ließen sie
es sich jedenfalls nicht anmerken. Mit einem mitgebrachten Fußball veranstalteten unsere Kinder auf dem alten Dorf-Sportplatz ein Fußballmatch mit
der Dorfjugend, das die Blanckenburgs prompt verloren.

Freilich, die wirtschaftliche Erfolgsbilanz der Polen in Pommern war
wenig eindrucksvoll. Das einst blühende Hinterpommern war im ganzen
seit 1945 sichtlich heruntergekommen. Pionieraufbauleistungen entdeckten
wir nirgends. Die Ertragskraft der Landwirtschaft und auch wohl der Industrie war offensichtlich geringer als in der deutschen Zeit. Vielfach hatte man
eher den Eindruck eines anhaltenden weiteren Niedergangs als den eines
Wiederaufbaus. Dieser erste Eindruck hat sich auch bei unseren späteren Besuchen in Pommern nicht grundlegend geändert, wenn auch einzelne spek-
takuläre Erfolge, vor allem im urbanen Bereich, nicht zu verkennen sind.

Wieder einmal hoch kam die Frage, was der Verlust für mich und die
Familie bedeutet. Allen Blanckenburgschen Teilfamilien ist es in den Nach-

kriegsjahren gelungen, aus dem wirtschaftlichen Nichts herauszukommen, ja, dank der Wiederaufbauerfolge in der Bundesrepublik und fleißiger eigener Arbeit wieder zu bescheidenem Wohlstand zu gelangen. Auch von unseren ehemaligen Gutsleuten und ihren Kindern haben es viele, soweit ich das übersehen kann, wieder zu etwas gebracht, etliche sogar zu mehr, als wenn sie Gutsarbeiter geblieben wären. Dabei ist es denen, die in der Bundesrepublik ansässig geworden sind, besser gegangen als den in der DDR Wohnenden, die oft unter sehr bescheidenen Bedingungen weiter gelebt haben.

Aber wie sich bei den in Hannover abgehaltenen Zimmerhäuser-Treffen gezeigt hat, sind die meisten alten Pommern nicht über den Verlust der Heimat hinweg gekommen, und sie trauern der zerstörten Dorfgemeinschaft nach. Der Verlust der Heimat — so schwer zu beschreiben, was das ideelle Moment beinhaltet — wiegt schwer und macht ihnen wie mir zu schaffen. Wer lange von der Heimat getrennt ist oder sie ganz verloren hat, hat ein ganz anderes Verhältnis zu ihr als der, der nie aus seinem Nest heraus gekommen ist. Wie mein früherer Göttinger Assistenten-Kollege Christian Graf Krockow, auch ein Pommer, in seinem Buch „Heimat" gesagt hat: „Erst der Riß im Vorhang des Selbstverständlichen, die Entfernung öffnet den Blick und das Herz." Die Heimat ist offenkundig für sehr viele Vertriebene ein Teil ihrer Existenz geblieben. In der Schule habe ich Ernst Moritz Arndts 1813 geschriebenes Heimatgedicht gelernt und irgendwie verinnerlicht: „Und seien es kahle Felsen und öde Inseln, und wohne Armut und Mühsal dort mit dir, du mußt das Land ewig lieb haben. Denn du bist ein Mensch und sollst nicht vergessen, sondern bewahren in deinem Herzen". Diese Worte muten uns heute vielleicht pathetisch an, aber sie sagen etwas Wichtiges aus.

An eine Rückkehr nach Zimmerhausen, das seit dem Anfang des 19. Jahrhunderts, genauer gesagt, 142 Jahre in Blanckenburgschem Besitz gewesen ist, denke ich nicht. Unser Zimmerhäuser polnischer Kontaktmann Mistalski hat bei einem Besuch vor ein paar Jahren angesichts der Misere, in der sich das Gut befand, zu mir gesagt: „Ganz einfach, Herr v. B., Sie kommen und kaufen, und alles wird gutt!" Das wäre zwar politisch mit einigen Kniffen sogar möglich. Aber einmal habe ich das nötige Geld gerade nicht beisammen. Weiterhin ist angesichts der Rahmenbedingungen in Pommern nicht abzusehen, wie das Gut in absehbarer Zeit rentabel gemacht werden könnte. Auch hat keines meiner Kinder Landwirtschaft gelernt, hélas; und schließlich möchte ich keine Auseinandersetzung mit den Polen, die heute in Zimmerhausen — „Mechowo" — leben und dort auch schon 50 Jahre eine Bleibe gefunden haben.

Ich zögere immer noch, es hinzuschreiben, aber ich habe mich mehr oder weniger damit abgefunden, daß die alte Heimat verloren ist und daß nicht abzusehen ist, ob und wie sie wieder deutsch werden könnte. Eine Wiedereinsetzung in den alten Besitzstand ist politisch zur Zeit undenkbar. Aber ich muß auch sagen, daß es schwer zu ertragen ist, daß den Deutschen bisher grundsätzlich verwehrt wird, in der angestammten Heimat wieder Wohnsitz zu nehmen. Zumindest dieser Anspruch, der ein ganz entscheidender Bestandteil des Rechtes auf Heimat ist, sollte realisierbar sein. Das wird wohl schließlich auch geschehen, wenn Polen Mitglied der EU wird.

Jedenfalls bleibt bei mir eine tiefe Enttäuschung. Vielleicht klingt es paradox, aber ich denke, der Verlust Zimmerhausens wäre für mich leichter zu verarbeiten, wenn dort nicht soviel verkommen wäre, sondern eine produktive Landwirtschaft und ein schönes Dorf wieder entstanden wären. Ich meine auch, daß die von Menschen mit unendlich viel Schweiß und Erfindungsgabe entwickelte Kulturlandschaft ein Recht darauf hat, erhalten zu bleiben, unabhängig davon, wer der Besitzer ist. Sie sollte jedenfalls nicht in eine Wüstung zurückfallen. Schlimm ist auch das Verschwinden vieler Häuser und der meisten deutschen Grabstätten, auch unserer Familiengräber. Es ist etwas an der Vermutung dran, daß eine bedeutsame Kultur nicht nur vergangen, sondern auch tot ist, wenn niemand mehr weiß, wer vor 60 oder 100 Jahren dort gelebt und gewirkt hat und nicht zuletzt, wenn niemand mehr die örtliche Sprache, in diesem Fall das pommersche Platt spricht. Die alte Kultur wird dann bald auch aus der Geschichte getilgt sein.

Schlußbemerkung: Das Wiedersehen war bei jeder Reise schön und schmerzlich, und ich möchte keine missen. Ich hoffe oder wünschte mir wenigstens, daß unsere in Westdeutschland geborenen Kinder und Kindeskinder ein Verhältnis zum Ort ihrer Herkunft finden und — wie auch immer — die Beziehung zum Wurzelwerk aufrecht erhalten.

Am Grab des Vaters

Valga, Estland, September 1998

Im Herbst 1998 habe ich mir einen lange gehegten Wunsch erfüllt: Ich war, von Esther begleitet, am Grab meines Vaters Jürgen, gen. Paili, der am 16. Januar 1946 als Offizier in russischer Kriegsgefangenschaft im Lager Walk (Valga) an der estnisch-lettischen Grenze gestorben ist.

Paili, Gutsbesitzer in Pommern, war im 2. Weltkrieg als Reserveoffizier eingezogen worden. Zuletzt war er im Rang eines Majors im Stab des 2. Armeekorps im Nord-Abschnitt der Rußland-Front (Demjansk-Kessel) als Gasabwehroffizier tätig, zum Glück ohne „Ernstfall" in dieser Funktion. Für die letzten Kriegsjahre wurde er u. k. (unabkömmlich aus der Wirtschaft) gestellt, um den heimatlichen Gutsbetrieb Zimmerhausen zu leiten. Bei rapide knapper werdenden Ressourcen wurde es damals immer schwieriger, den landwirtschaftlichen Betrieb aufrecht zu erhalten: Fast alle männlichen Arbeiter waren zum Wehrdienst eingezogen, sie wurden durch „Fremdarbeiter" (Polen, Russen, Jugoslawen) sowie deutsche Frauen ersetzt. Es gab kaum mehr Ersatzteile für die Maschinen und nur wenig Handelsdünger. Die Landwirtschaft war ein System der Aushilfen geworden, und das bei steigenden Produktionsauflagen. Da Paili ein guter Landwirt war, konnte er den Gutsbetrieb einigermaßen leistungsfähig halten.

Die russische Armee war, wie geschildert, in den ersten Monaten des Jahres 1945 bis nach Pommern vorgedrungen. Sie durchbrach Ende Februar 1945 die schwache Front der deutschen „Heeresgruppe Weichsel" und marschierte schnell westwärts. Ich habe die letzten Tage in Zimmerhausen tief betroffen miterlebt, da ich nach meiner zweiten Verwundung gerade im Genesungsurlaub zuhause war. Am Abend des 2. März kam die Nachricht, daß der Einmarsch der Russen unmittelbar bevorstand und daß Zimmerhausen wie alle anderen Ortschaften schleunigst geräumt werden mußte.

Ich meldete mich beim Stab der 3. Panzerarmee, der in unserem Nachbarstädtchen Plathe lag, und sagte im Zustand der Benommenheit der Familie, dem vertrauten Haus und dem Dorf adieu. Kann man sich heute noch vorstellen, wie das war? Abschied für immer? Welche Chance gab es, aus diesem totalen Zusammenbruch lebend hervorzugehen? Und wenn ja, ohne alle Habe? Das ganze Dorf machte sich fertig für den Treck nach Westen mit Pferd und Wagen. Die „Partei" als allmächtiges Organ des Staates hatte keinerlei Vorbereitungen für die Flucht zugelassen, und so blieben nur Stunden für das Packen und Fertigmachen des Trecks. Da sich riesige Flüchtlingsströme auf den Weg nach Westen gemacht hatten, war es zweifelhaft, ob der

Zimmerhäuser Treck noch eines der Nadelöhre der Brücken über die Oder-
mündungen überwinden würde.

Meine Mutter ist mit den jüngsten Kindern, den Kindern unseres On-
kels Hasso Bl. aus Rottnow und einigen anderen Nahestehenden buchstäb-
lich mit dem letzten nach Swinemünde fahrenden Zug in den Westen
entkommen. Mein Vater blieb zurück, um den Treck zu leiten. Zu ihm stieß
noch meine Schwester Brigitte mit ihrem Mann Jürgen v. Woedtke und deren Treck. Sie zogen am 4. März mit der langen Pferdewagenkolonne los,
mein Vater zu Pferde. Schon nach kurzer Fahrt, nämlich nach 10 km bei Ton-
nebuhr, trat das Befürchtete ein, der Treck blieb stecken, und es gab bald
kein vor und zurück mehr.

Was tat Paili? Er hatte eine gute Chance, sich noch allein auf seinem
Pferde nach Westen zu retten. An den stehenden Kolonnen wäre er als Reiter
sicher vorbei gekommen. Aber er blieb bei seinen Leuten. Wie sehr diese von
ihm abhängig waren, erhellt ein Bericht von Brigitte vom Treck-Ablauf: „Der
Aufbruch war recht chaotisch. Eine Zimmerhäuser Frau hörte ich verzwei-
felt in pommerschem Platt rufen: ‚De Chef is wech, wat schall wi nu moke?'
Kurz darauf sah ich Paili auf seinem Pferd herbei sprengen: Er habe die Lage
erkundet, die Russen seien schon ganz nah, rief er."

Das einzige, was Paili für sich selbst tat, war, daß er seine Majorsuni-
form anzog. Damit hatte er die Möglichkeit, in Kriegsgefangenschaft zu
kommen — es war nämlich bekannt, daß viele ostpreußische und pommersche Gutsbesitzer von der russischen Armee ohne Federlesens umgebracht
worden waren. Nachdem die ihn gefangennehmenden Russen gehört hatten, daß er nicht nur Offizier, sondern auch Gutsbesitzer war, haben sie ihn
noch einmal nach Zimmerhausen geführt. Unsere dortigen Fremdarbeiter
müssen sich wohl positiv über ihn geäußert haben. Denn er wurde nicht be-
helligt, sondern als Kriegsgefangener letztlich korrekt behandelt.

Er kam nach einigen Zwischenstationen als Major in das Offizierslager
in Valga in Estland. Dort ist er am 16. Januar 1946 nach fast elfmonatiger Gefangenschaft, wohl infolge Entkräftung, gestorben. Wir haben erst Monate
später die Nachricht von seinem Tod bekommen. Aus verschiedenen Berichten von Heimkehrern über den Lageraufenthalt, seinen Tod und die Beerdi-
gung ging hervor, daß er in diesem letzten Lager sehr bekannt und geachtet
war.

Unser Sohn Dietrich ist 1993 anläßlich einer Studentenreise nach Estland in Valga gewesen. Er hat den Soldatenfriedhof nur mit Mühe lokalisie-
ren können, da alles zugewachsen war und die Gräber nur noch als Hügel
zu erkennen waren. Aber wir waren froh zu wissen, wo er liegt. Vor kurzem

ist der Friedhof von der Deutschen Kriegsgräberfürsorge wieder hergerichtet worden.

Diese Organisation veranstaltete im Monat September 1998 eine Gruppenreise für Angehörige zu mehreren instandgesetzten Friedhöfen in Lettland und Estland. Esther und ich haben die Gelegenheit wahrgenommen, Valga zu besuchen. Dort liegen 244 Deutsche und einige Ungarn begraben. Die Gräber sind eingeebnet und alle Toten unter einer Grasnarbe, sodaß wir anhand einer vorliegenden Lageskizze nur ungefähr bestimmen konnten, wo Paili liegt. Aber es war bewegend, dort zu sein und sich ihm noch einmal nahe zu wissen. Auch wenn die Trauer nicht mehr brennt, schlägt das Herz in einem solchen Augenblick doch anders. Offenkundig hatten die anderen Mitreisenden, die dort einen Angehörigen wußten, ähnliche Gefühle. Es wurde nicht viel gesprochen, aber die Frage nach dem damaligen Gang des Schicksals und dem: WARUM UND WOFÜR DIE OPFER bedrängte uns.

Mir kamen noch einmal die Ereignisse im März 1945 in den Sinn. Paili hätte dem Zugriff der russischen Armee entkommen können, wenn er sich vom Treck getrennt hätte. Aber er hat es als seine Pflicht angesehen, alles zu versuchen, den Treck über das rettende Ufer der Dievenow zu bringen und jedenfalls die Leute nicht allein zu lassen. Wie meine Schwester Armgard später geschrieben hat: *„Als Gutsherr und Edelmann konnte er nicht anders handeln, und die Leute erwarteten das auch."* Sie erwarteten einfach, daß er bei ihnen blieb, ob er ihnen helfen konnte oder nicht. In Zimmerhausen war damals noch manches von dem überkommenen patriarchalischen Gegenseitigkeitsverhältnis lebendig. Der Herr konnte nicht mehr Schutz und Schirm bieten, wie früher festgeschrieben, aber er hatte eine Treue- und Fürsorgeverpflichtung.

Die Redewendung, heute gelegentlich in Zeitungen zu lesen: „Er verhält sich nach Gutsherrenart", soll verdeutlichen, daß jemand willkürlich, zum eigenen Vorteil mit anderen Menschen umspringt. Mir gibt es immer noch einen Stich, wenn ich sie so leichtfertig hingeschrieben finde und ich möchte die sie verwendenden Journalisten fragen, was sie eigentlich von der Gutswirtschaft und dem — früher sicher sehr unterschiedlichen — Umgang der Herren mit den Menschen auf dem Lande wissen. Würde es den Journalisten ein Licht aufstecken, wenn ich ihnen klar machen könnte, was mein Vater, einer langen Tradition folgend, unter dieser „Gutsherrenart" verstanden hat?

Abschied vom Beruf — Ablernen und Bewahren
Berlin, Ende des Jahres 2000

In den jüngst vergangenen Monaten habe ich eine unangenehme Aufgabe schultern müssen. In meinem alten Institutsgebäude in der Podbielskiallee in Dahlem hatte ich meine eigene Fachbibliothek mit 5 bis 6 Regalmetern Bücher und Zeitschriften stehen, den Kernbestand einer in 50 Jahren gewachsenen Sammlung. Einen Teil der Bücher hatte ich schon früher weggegeben, sie waren mir nicht mehr so wichtig. Aber die Trennung vom verbliebenen Bestand fiel mir schwer. Sie war jetzt unumgänglich, weil das Gebäude aufgegeben werden sollte und ich keinen anderen Platz für die Bücher hatte. Das Leitprinzip der Trennung vom Bestand war mir klar: vorab weg mit den Büchern, in die ich seit mindestens 10 oder 15 Jahren nicht mehr hineingeschaut hatte — und das war die Masse. Indes wollte ich die behalten, die mir bei meiner Arbeit besonders wichtig gewesen waren oder an die ich eine emotionale Bindung hatte. Das waren nicht nur die Bücher, die ich selbst geschrieben oder herausgegeben hatte, sondern vor allem wichtige, von meinen akademischen Lehrern oder von nahestehenden Kollegen verfaßte Werke.

Das Prinzip war leicht formuliert, aber dann doch nur mit Pein verwirklicht. Ich nahm in der Auswahl jedes Buch noch einmal in die Hand und warf einen Blick hinein. Das war ein Rückblick auf meinen wissenschaftlichen Werdegang. Er rief mir ins Gedächtnis, mit wievielen, meistens lange aufgegebenen Themen ich mich befaßt hatte und in welchem Austausch mit Fachkollegen ich gestanden hatte. Ein Großteil der Ideengeschichte meines Faches tauchte wieder auf. Ich kam bei diesem Aussortieren nicht voran. Das merkte meine Frau und schaltete sich rigoros in die Sortierarbeit ein. Sie legte mir die Bücher zur Entscheidung über 1) Behalten, 2) Weggeben, 3) spätere Entscheidung vor und sah darauf, daß der Stapel 1 nicht zu groß wurde. Ein Großteil des Stapels 3 wanderte dann später auch noch zu 2.

Es bewegte mich nicht nur, wie weit der Geist im Lauf der Jahre geschweift ist. Ebenso aufregend war der Rückblick auf frühere wissenschaftliche Kontakte, von denen viele auch mit nahen menschlichen Kontakten verbunden waren. Diese Rückschau war schmerzlich. Ich war ja schon seit geraumer Zeit in dem sich beschleunigenden Ablösungsprozeß, der keinem Wissenschaftler erspart bleibt. Der wissenschaftliche Fortschritt ist seit dem Ende meiner aktiven Zeit weiter gegangen, auch in Richtungen, die ich nicht in jeder Beziehung richtig fand, die ich aber doch anerkennen mußte. Meine jetzige Schlußaktion demonstrierte mir wieder die Unumgänglichkeit des

„Ablernens", das der Wissenschaftler durchmachen muß — sich geistig von vielem zu trennen, das man erworben hatte.

Ein besonderes Problem waren die Bücher und Sonderdrucke, in die mir frühere Kollegen, jetzt oft schon nicht mehr unter den Lebenden, persönliche Widmungen hineingeschrieben hatten, wie das unter Wissenschaftlern üblich ist. Gerade bei ihnen stiegen mir viele Erinnerungen an frühere gemeinsame Arbeit und Dispute auf. Mein Göttinger Doktorvater Wilhelm Abel, pommerscher Herkunft wie ich und zurückhaltend in seinen persönlichen Äußerungen, hat mir 1974 sein neues, wissenschaftlich sehr bedeutendes Buch „Massenarmut und Hungerkrisen im vor-industriellen Europa" geschenkt. Vorne hat er die Widmung hineingeschrieben: „Peter von Blanckenburg, dem Studenten von ehedem und Kollegen heute in freundlicher Erinnerung an gemeinsam erlebte Jahre".

Ein anderer Göttinger Professor, den ich sehr verehrte — zwischen uns hatte sich während meiner Assistenten- und Privatdozentenzeit auch eine nähere persönliche Beziehung entwickelt —, war der landwirtschaftliche Betriebswirt Emil Woermann. In einem früheren Herzschlag habe ich ihn ebenso wie Wilhelm Abel schon einmal erwähnt. Woermann war in einer kritischen Phase der Göttinger Universität in den 70er Jahren ihr Rektor gewesen und hatte diese Krise glänzend gemeistert. Bei seinem Eintritt in den Ruhestand erhielt er 1968 die Universitätsmedaille „Aureus Gottingensis", in deren Verleihungsurkunde stand: „Die Universität ehrt in ihm den weitschauenden und hochherzigen Menschen, den Gelehrten und Bürger des Landes, dessen Wirken innerhalb und außerhalb der Universität Anerkennung und Bewunderung verdient. Als Rektor der Georgia Augusta hat er ihr Ansehen in kritischer Zeit vor der Welt bewahrt." 1979, anläßlich seines 80. Geburtstages, bekam Woermann von ehemaligen Mitarbeitern eine Festschrift, von der er mir ein Exemplar mit der handschriftlichen Widmung schenkte: „Peter von Blanckenburg zur Erinnerung an die gemeinsame Zeit in Göttingen und als Zeichen meines Dankes für die mir während dieser Zeit gewährte vielfältige Unterstützung in freundschaftlicher Verbundenheit".

Die Masse meiner Bücher habe ich weggegeben, einige auch verkauft und andere mit schlechtem Gewissen im Papiercontainer versenkt, da ich keine Interessenten für sie fand. Von Büchern wie den oben erwähnten kann ich mich nicht trennen. Das ganze war eine unschöne Aktion.

Indes ist es eben nur eine Episode im langen Leben mit der Wissenschaft. Dieses hat mir viel gebracht: reichlich Arbeit, die ich aber gern gemacht habe, zumal ich große Selbständigkeit hatte, Begegnung mit bedeutenden Menschen, Teilhabe an vielen hochkarätiger geistiger Auseinandersetzungen, Kontakte mit jungen Leuten und Teilnahme an ihrer geistigen Entwicklung, die auch dazu beigetragen haben, daß ich selbst nicht zu schnell vergreist bin — so hoffe ich jedenfalls. Und dann die Besonderheit meiner fachlichen Ausrichtung, um die mich manche Kollegen beneidet haben: meine intensiven Kontakte zu Ländern in Afrika und Asien, ihren faszinierenden Kulturen und beeindruckenden Menschen — Welten, in die die meisten Deutschen bestenfalls über das Fernsehen Einblick gewinnen. Meine Bilanz hat also ganz positive Vorzeichen.

Bei Tagungen oder etwa bei der in jedem Januar in Berlin stattfindenden Grünen Woche treffe ich Kollegen und frühere Studenten, die erfreut auf mich zusteuern, mich begrüßen und mir etwas vom Trauma nehmen, zu schnell vergessen zu werden. Vor kurzem hatte ich auch in der Berliner S-Bahn ein hübsches Erlebnis. Ich war auf einem agrarpolitischen Kolloquium in der Humboldt-Universität gewesen und tauschte mich darüber — es war ziemlich langweilig gewesen — mit einem mitreisenden Kollegen aus. Mir gegenüber saß ein Herr, der uns, wie ich bemerkte, amüsiert zuhörte. Es stellte sich heraus, daß er auch vom Fach war, er hatte in Hohenheim Landwirtschaft studiert. Wir kamen ins Gespräch und stellten uns auch einander vor. Als ich meinen Namen nannte, rief er: „O, Sie sind Herr von Blanckenburg! Ohne Ihr Handbuch (er meinte das von mir und Cremer herausgegebene Handbuch der Landwirtschaft und Ernährung in den Entwicklungsländern) hätte ich in Hohenheim mein Examen nie bestanden." Auch wenn er vielleicht ein bißchen übertrieben hat, hat mich seine Äußerung doch gekitzelt. Eine so spontane Zustimmung habe ich nicht allzu oft gehört. Studenten pflegen ja mit Beifallskundgebungen nicht sehr freigebig zu sein. Jedenfalls, es war eine aufhellende Begebenheit.

Ich will aufhören mit dem Schlußvers aus dem Gedicht von Rudolf Hagelstange.

Lied der Jahre

Was frag ich nach dem Lied verschollner Jahre...
Ich bin. Ich atme. Hör ich nicht den Ton?
Hell schwebt die Wolke. Leuchtend brennt der Mohn.
Die Flöte harrt. Laß singen deine Jahre.
Ich hör sie schon.